龍の烈火、Dr.の憂愁

樹生かなめ

white heart

講談社X文庫

目次

イラストレーション／奈良千春《ならちはる》

龍《りゅう》の烈火《れっか》、Dr.《ドクター》の憂愁《ゆうしゅう》

1

指定暴力団眞鍋《まなべ》組が牛耳《ぎゅうじ》る眠らない街は、いつもとなんら変わらない。二十四時間営業の店のネオンが煌々《こうこう》と輝いているし、綺麗《きれい》に着飾った夜の蝶《ちょう》が泥酔客と腕を組んで歩いている。屋台ではネクタイを緩めた赤ら顔のサラリーマンたちが、上司の愚痴を零《こぼ》しながらラーメンを食べていた。終電に乗り損ねた若者が吸い込まれるようにネットカフェやゲームセンターに入っていく。不夜城の主《あるじ》が宿敵との抗争を決意したことなど、誰も知る由《よし》もない。

二代目組長である橘高清和《きったかせいわ》を乗せたジャガーは、近代的な眞鍋第三ビルの駐車場に入った。

異常事態の知らせを受けてか、若き二代目組長とその妻と目されている氷川諒一《ひかわりょういち》を出迎えるために、地下の駐車場には眞鍋組の最高幹部たちが揃《そろ》っている。清和の義父《ちち》であり、眞鍋組の最高顧問である橘高正宗《まさむね》も屈強な構成員を従えて、二代目組長夫妻を待っていた。

運転席でハンドルを握っていたサメこと鮫島昭典《さめじまあきのり》が、清和の愛車であるジャガーを定位置に停《と》める。

「お疲れ様です」

橋高の舎弟頭である安部信一郎《あべしんいちろう》の手によって、氷川と清和のために後部座席のドアが開けられた。しかし、氷川は清和にしがみついたまま、微動だにしない。少しでも手を離したら、愛《いと》しい彼がどこかに行ってしまいそうで怖いのだ。氷川の楚々《そそ》とした美貌《びぼう》は青褪《あおざ》め、血の気がなかった。

氷川の不安が伝わっているのか、昇《のぼ》り龍《りゅう》を背負う若い組長は何も言わない。だが、いつまでもこうしているわけにもいかない。

「先生……」

清和はポツリと言うと、氷川の華奢《きゃしゃ》な身体《からだ》を抱きかかえるような体勢でジャガーから降りた。氷川は命のない人形のように抱かれているだけだ。

「う……姐《あね》さん……」

安部は泣《な》き腫《は》らした氷川の目を見た途端、苦しそうに顔を歪《ゆが》めて一礼する。辛《つら》いのか、氷川とは視線を合わせようともしない。安部はいかにもといった風貌の極道だが、誰よりも優しくて思いやりのある男だ。

眞鍋組にその人あり、と謳《うた》われている橘高は氷川を避けたりしない。鋭い目を曇らせたが、いつになく優しい口調で氷川に声をかけた。

「姐さん、すまない」

頭を下げた橘高から、重苦しい心のうちが氷川に伝わってくる。ただ一つのことに対する謝罪ではない。いろいろなことに対する橘高の詫《わ》びだ。その中には藤堂《とうどう》組との抗争も含まれていた。枯れ果てたと思った氷川の目がまた潤み、大粒の涙がポロリと零れる。

その場にいた海千山千《うみせんやません》の男たちは息を呑《の》んだ。ヒットマンの襲撃より、氷川の涙のほうが恐ろしいらしい。

駐車場に静かに入ってきたキャデラックから眞鍋組の頭脳である松本力也《まつもとりきや》、リキが降りた。居並ぶ幹部たちに深々と腰を折る。あえて、リキは何も口にしない。幹部たちも視線だけでリキと語り合った。

リキの後ろに立った三國祐《みくにたすく》の無残な姿を確認すると、安部は低い声で唸《うな》った。安部は祐の父親のようなものだ。

「おい、祐……」

安部とは旧知の仲であっても、祐は眞鍋組内部での力関係はきちんと弁《わきま》えている。新参者の祐は古参の幹部である安部に礼を尽くした。

「ご迷惑をおかけしました」

まず最初に祐がしなければならないことは決まっている。二代目姐である氷川を守ることができなかったことに対する謝罪だ。氷川にしてみれば耳にしたくもない無用の言葉である。氷川の心中が伝わっているのか、祐に対する非難はなかった。

「祐、せっかく可愛《かわい》い面《つら》をしているのに……」

安部は泣く子も黙る強面《こわもて》をくしゃくしゃに崩して、祐の綺麗な顔に残る殴打《おうだ》の跡にそっと触れた。

甘い顔立ちをしている祐は身体つきもほっそりとしていて、どこからどう見てもヤクザには見えない。顔立ちだけならば氷川よりも女性的だ。容姿にコンプレックスを抱いている気配はないが、安部の言い草には面食《めんく》らったらしく、祐は苦笑を漏らしつつ言い返した。

「可愛い面って……やめてくださいよ」

切れた口の端《はし》で喋《しゃべ》る祐が痛々しくてたまらない。氷川は自分を守るために負傷した祐を見ると胸が締めつけられた。

「だから、ヤクザはやめろって言ったのに……ま、食えよ」

安部はチョコレートをスーツの上着のポケットから取りだすと、目を細めている祐に手渡した。そして、祐の頭を優しく撫《な》でた。二十四歳の男に対する態度ではないが、誰も何も言わない。いつもポケットに忍ばせているチョコレートは、祐に対する安部の思いであった。

「どうも」

祐は安部の心をチョコレートという菓子で受け取る。もう子供ではないという反発はしない。

「祐、正念場だ」

「わかっています。お力添えをお願いします」

屈辱感に塗《まみ》れている祐には青白い闘志が漲《みなぎ》っていて、先ほどまでの痛々しさは微塵《みじん》もない。クールなビジネスマンタイプの男だが、一度火がついたら止まらないようだ。

「ああ、なんでも言え」

祐と安部のやりとりを聞いた氷川は愕然《がくぜん》とした。祐を息子のように可愛がり、ヤクザになることを断固として反対していた安部ですら、藤堂組との抗争に反対しない。それどころか、眞鍋組の男として復讐《ふくしゅう》の念に燃える祐を支えようとしている。抗争に反対している者が誰一人としていないので喚《わめ》きたくなったが、氷川には口を開く気力さえ残っていなかった。

氷川は清和に抱かれたまま、二人で暮らしている十七階に上がる。誰も喋らないエレベーターの中には重苦しい空気が流れていた。

リキとサメが先に部屋に入り、異常がないか調べる。非常事態ゆえの点検だ。何かがあってからでは遅い。

「失礼いたします」

リキとサメが出ていくと、辺りはしんと静まり返った。

「先生、風呂《ふろ》に入るか？」

清和の声には有無を言わさぬ迫力が漂っていた。ほかの男に触れられた氷川の肌を洗い流したいのだろう。そのことについては氷川も何も言わない。氷川自身、一刻も早くすべてを洗い流したかった。けれども、清和から一時たりとも離れたくない。

「一緒に……」

氷川は清和の逞《たくま》しい背中に回していた腕に力を込めた。

「ああ」

氷川は清和とともにバスルームに入り、シャワーヘッドから降り注ぐ適温の湯を浴びた。

愛しい男以外の感触が氷川の肌から消える。いや、必死になって清和以外の男の手と唇を消し去ろうとした。

こんなことぐらいなんでもない。誰よりも愛しい男がそばにいるのだからなんてことはない。何よりも恐ろしいのは愛しい男がいなくなることだ。

「浮気してもいいから戦争はしないで」

何度も繰り返した願いを、氷川は改めて口にする。清和の義母《はは》の言う通り、男と命がけの戦争をするぐらいならば女と遊んでいたほうがマシだ。浮気をしても清和の命に危険はない。

「浮気はしない」

すでに宿敵との決戦を決めた清和の答えは変わらない。よほどのことがない限り、姉さん女房に逆らわない年下の亭主ではなかった。

「戦争なんてしても楽しくないだろう。どうしてそんなことをするんだっ」

氷川の張り裂けそうな叫びはバスルームによく響いたが、清和の心に届くことはなかった。

「…………」

立ち込める湯気の向こう側にいる清和は、狂おしいまでに清々《すがすが》しい。なんの迷いもないのだ。

「なぜ、僕を苦しませるの？」

「すまない」

清和が覚悟を決めたように、二代目姐として処されている氷川も覚悟を決めなければならない時だ。愛しい清和が修羅《しゅら》の世界で戦う男なのだから仕方がない。諦《あきら》めなければならないのだが、どうしたって諦められなかった。風呂から上がっても、ベッドに横たわっても、お休みのキスをしても、氷川は清和の身体にぴったりと張りついて離れることができなかった。

リキや祐といった清和の腹心たちは一息つくこともせずに、抗争の作戦を練《ね》り上《あ》げてい

るはずだ。もしかしたら、清和の判断を待つだけの状態になっているかもしれない。諜《ちょう》報部隊《ほうぶたい》を率いるサメはすでに動いているだろう。

氷川が寝入った後に、清和が腹心たちの元に向かうことは確かだ。行かせたくはない。無駄なあがきという思いが過《よ》ぎらないでもなかったが、氷川は清和の逞しい身体にしがみついていた。

こうなると根性勝負だ。

時だけが静かに流れていく。

根性より体力が必要な戦いかもしれない。根性ならば清和に張り合うが、体力になれば戦う前から白旗を掲げる。意を決して、氷川は勝負に出た。なんてことはない、寝たふりをしたのだ。

清和は指一本動かすことなくじっとしていた。五分ぐらいたっただろうか、清和は首を捻《ひね》って目を閉じた氷川を確認する。

「……先生？」

躊躇《ためら》いがちに呼ぶ清和の低い声が、氷川の耳に届く。それでも、氷川は軽い寝息を立てて眠ったふりをした。

清和は氷川の細い腕をそっと解《ほど》いて、ベッドから下りようとする。もちろん、氷川は愛しい男を逃したりはしない。背後からぎゅっと抱きついた。

「清和くん、どこに行くの？」

「……起きていたのか」

背中に張りついた氷川に驚いたようだが、清和の声音はいつもと同じだ。決して振り返ろうとしない。

「どこに行くの？」

「……トイレ」

無口でどちらかといえば不器用な男が咄嗟《とっさ》についた嘘《うそ》に、氷川の頬《ほお》が緩んだ。清和の逞しい背中に白い頬を擦り寄せる。

「僕もついていってあげる。夜のトイレって怖いものね？　僕の可愛い清和くん、トイレから戻れなかったら大変だものね？」

氷川は幼い子供に対峙《たいじ》するような口調で、清和の広い背中に語りかけた。子供扱いされることをいやがる清和をふまえてのことだ。十歳という年の差は小さくはない。

「…………」

いい子、いい子、とばかりに氷川は清和の頭を撫でる。

「僕の可愛い清和くん、ひとりでちーできるなんてえらくなったね。でもね、夜だからね？　お化けがでるかもしれないから諒兄ちゃんもついていってあげるね？　清和くん、お化けが出てくるアニメ番組を見て、夜にえんえん泣いちゃったこともあったものね？

諒兄ちゃんは清和くんがえんえん泣いていないか心配だよ」

氷川の表情も声もわざとらしいぐらい優しい。そのくせ赤ちゃん言葉の内容は辛辣《しんらつ》だ。単なる嫌みではないと、清和にも通じているだろう。聞きたくもない昔話をされた清和がどのような表情を浮かべているのかわからないが、困惑していることは間違いない。

「……先生」

声だけでなく全身から、清和の苦悩が伝わってくる。

「諒兄ちゃんは可愛い清和くんと離れたくない」

そこまで言った氷川は、口調を常のものに戻した。

「清和くんも大人の男になったのならばわかるだろう？　僕は君がいないと生きていけない。僕をおいてどこに行く？　僕のためにも……ううん、僕のために危険なことはしないでほしい。僕を大切に想《おも》ってくれているなら」

清和のいない日々を考えるだけで、氷川はおかしくなりそうだ。彼がいないならば息をすることすらできない。愛しくて切なくてたまらなかった。

「先生をおいて死んだりしない」

逃げるように視線を逸《そ》らしていた清和に、氷川はじっと見つめられた。愛しい男は本気でそう誓っているが、こればかりはどうしようもない。抗争ともなればどこからヒットマンが出てくるかわからないからだ。

「大切な清和くんを危ない目に遭わせたくない。君に銃口が向けられると考えるだけでも僕は怖い」

氷川は無益な抗争に対する言葉を連ねようとしたが、清和の答えのほうが早かった。

「俺は勝つ」

極彩色の昇り龍を背負う強靭《きょうじん》な男には、確固たる自信が満《み》ち溢《あふ》れていた。どこか神々《こうごう》しくすらある。それでも、不安でいっぱいの氷川の目は揺れたままだ。

「どんな根拠があるの？」

「勝算はある」

安心しろとばかりに、氷川は清和の逞しい腕に抱きかかえられた。今の彼はテレビ画面に映ったお化けに怯《おび》えた小さな男の子ではない。箸《はし》の持ち方を教えた幼い子供でもなかった。

「勝算？　どんな勝算がある？」

「…………」

「清和くんは命より大事だし、ショウくんやリキくん、祐くんやサメくんだって大事なんだ。宇治《うじ》くんだって卓《すぐる》くんだって吾郎《ごろう》くんだって信司《しんじ》くんだって可愛い。誰も傷つけたくないんだ」

非力な氷川には腕ずくで清和を引き止めることはできない。清和を眠らせてどこかに連れ去る、という無謀な計画を心の中で立てた。

　思い詰めた氷川の顔に思うところがあったのか、日本人形のような容貌からかけ離れている性格を知っているからか、清和は苦しそうな声でボソッと呟《つぶや》いた。

「先生、頼むから何もしないでくれ」

「清和くん、僕は何も言っていないよ」

　見透《みす》かされたようで悔しくなり、氷川は清和の顎先《あごさき》を唇で掠《かす》めた。シャープな顎のラインに幼い清和の名残《なごり》はない。

「…………」

「先生を悲しませるようなことはしないから」

　昔の面影《おもかげ》が残る澄んだ清和の瞳《ひとみ》に、氷川は薄い唇で触れた。目尻《めじり》を軽く舐《な》める。

「戦争すること自体が僕は悲しい。おまけに、相手は藤堂さんだ」

　とうとう堪えきれなくなって、氷川の目から涙が溢れた。

　兜町《かぶとちょう》でもちょっとした評判のインテリヤクザは、己の妻の涙にめっぽう弱い。大きな溜《た》め息《いき》をついた後、苦しそうに天を仰いだ。

どれくらいたっただろうか、根負けしたのは清和だった。氷川に張りつかれたまま、決断を待ち侘《ま わ》びている腹心たちの元に行く。

眞鍋第三ビルの十階の一室にはリキやサメといった清和の腹心だけでなく、存在だけで辺りを仁俠映画《にんきょうえいが》の世界に変えてしまう橘高と安部もいた。大きなモニター画面の前には傷の手当てを受けた祐がいる。彼は甘い容姿に似合う淡い色のソフトスーツに着替えていた。

「大木に蟬《せみ》、っていうのはそういうのかな」

長身の清和にぴったりと張りついている氷川の姿を、橘高が楽しそうに称した。

清和は大木になったつもりはないし、氷川も蟬になったつもりはないが、あえて文句は口にしない。

「確かに、大木に蟬だ」

安部が笑いながら大きく頷《うなず》くと、リキやサメも目だけで同意した。祐も花が咲いたように微笑《ほほえ》んでいる。

誰も部外者である氷川の登場に怒っている様子はない。氷川の性格を知っているからか、攻撃の的《まと》になった後だからか、二人の力関係をよく知っているからか、理由はわからないが、すんなりと部外者である二代目姐を迎え入れた。

部屋の中央に置かれているテーブルには、書類の束が積まれている。藤堂組及び関係者に関する資料だ。組長である藤堂和真《かずま》を筆頭に若頭の弓削太市《ゆげたいち》、氷川を狙《ねら》った竿師《さおし》の桐嶋《きりしま》元紀《もとき》に出張ホストの橋爪裕也《はしづめゆうや》の写真やデータもあった。電光石火《でんこうせっか》の早業《はやわざ》でサメが用意したのに違いない。

「もう、大木だとか蟬だとか言っている場合じゃないでしょう？　橋高さん、安部さん、どうして戦争に反対しないんですか？」

若い男たちを止めるべき立場の橋高に、氷川は潤んだ目で凄《すご》んだ。

「あ～っ、姐さん、泣かないでくれ。ボンだけじゃなくて俺も姐さんに泣かれると弱いんだ」

橋高がお手上げといったように両手を掲げると、隣に座っている安部は軽く笑いながら答えた。

「姐さん、心配しないでおくんなせぇ。姐さんの大事な組長には掠《かす》り傷《きず》一つ負わせやしない。戦争なんてダイナマイトを腹に巻いて飛び込んだらカタがつくんだ。俺に任せてくれればすぐに終わらせてやる」

武闘派として勇名を轟《とどろ》かせている安部は、ダイナマイトとともに藤堂組に飛び込む覚悟があるらしいが、言うまでもなく氷川は望んではいない。ヒステリックに叫んだ。

「そんなこと、絶対に駄目ですっ」

氷川の剣幕に怯えたわけではないだろうが、安部は眞鍋組の頭脳であるリキに視線を流した。

「おい、頭のいいの、姐さんを泣かさないでくれ。俺はどうしたらいいのかわからねぇ」

安部の指名を受けると、リキはおもむろに立ち上がり、モニター画面の前に立っている祐の隣に並んだ。

「姐さん、まず、お座りください」

「リキくん……」

リキに着席を促され、氷川は清和と並んで革張りのソファに腰を下ろす。むろん、清和に回した腕は離さない。

「姐さん、うちは新しい眞鍋組を模索している最中です。姐さんが心配しているような戦争にはさせません。安心してください」

眞鍋組を犯罪組織にはしないと躍起になっている清和が、昔ながらの全面戦争を繰り広げることはマイナスでしかない。頭脳派のリキには策略があるのだろう。しかし、いくら眞鍋組がそのつもりでも、藤堂組がどう出るかわからない。それこそ、安部ではないが、腹部にダイナマイトを巻いた藤堂組のヒットマンに乗り込まれたら終わりだ。

「リキくん、安心できるわけないでしょう」

「祐から説明させます。お聞きください」

リキは復讐と己の名誉回復に燃えている祐に視線を流す。祐は大きなモニター画面を指しながら説明し始めた。

「姐さんもご存じの通り、今のヤクザは金がすべてです。藤堂組が急激に伸《の》し上《あ》がったのも金の力です。要は藤堂組の資金源を潰《つぶ》せばいいのです。お聞き及びかと思いますが、藤堂組の最大の資金源は麻薬の売買です」

大きなモニター画面に藤堂組のシマで薬を売っている売人が映しだされた。東南アジア系の男にアラブ系の男、異国の若い男に薬を売らせているらしい。氷川と清和の前に、藤堂組の麻薬取引に関する資料がサメから回される。すでに清和は目を通しているものだ。

「警察に密告するんだね？」

氷川が取るべき手段を予想すると、柔らかな微笑をたたえた祐は首を大きく横に振った。

「極道の掟《おきて》に従い、警察に密告することはしません。ですが、警察に化けさせた手の者を取引現場に送り込みます。用心深い藤堂のことですから、少しでも異変があったら麻薬の取引は控えるはずです」

祐が口にした戦い方に清和は無言で頷いた。組長である清和が了承したのだから、それで決まりだ。

血を流さないので、氷川も異議を唱えることはできなかった。

「そういう戦法でいくのか……」

「明日、麻薬の取引現場ではちょっとした騒動も起こす予定です。手に入れるはずのブツを諦めて逃げると思いますよ」

海辺の取引現場に比較的殺傷力の弱い爆弾をセットしておくそうだ。それだけで、藤堂は取引現場から去るだろう。

「祐くん、その取引の情報は本当なの？　本当ならばどうやって手に入れた？」

信憑性《しんぴょうせい》が定かではない情報で動いても危険なだけだ。氷川はもっともな意見を祐に投げた。

「サメさんの舎弟でハマチと呼んでいる男が、藤堂組の構成員として中枢に食い込んでいます。何事にも絶対とは申せませんが、確実に近いと思います」

サメは諜報部隊を駆使して、藤堂組の内部を調べている。今までどの暴力団とも関係したことのない男を、スパイとして藤堂組に潜り込ませることにも成功した。今まで何もせずに手をこまねいていたわけではない。

「ハマチ……スパイがいるのか」

ハマチという呼び名の由来については改めて尋ねるつもりだ。サメの舎弟なので海関係なのかと、氷川は漠然と思った。

「そうです。今回の姐さんの拉致《らち》に関して、ハマチはまったく知らなかったそうです。おそらく、藤堂が単独で仕掛けた罠《わな》だと思います。敵ながらあっぱれではなく気の毒というか、藤堂組には藤堂しか切れる男はいません」

組長である藤堂が誰も信じていないことを、祐はにっこりと微笑んで示唆した。新興ヤクザの藤堂組は般若《はんにゃ》を背負う藤堂一人で保《も》っている暴力団だ。清和のように手足となる有能でいて信頼できる構成員はいない。

「そうなのか」

祐はモニター画面を替えながら、藤堂組に対する戦略を述べた。

「麻薬の次は女です。藤堂組の中で一番利益を出している風俗店の評判を落とします。客足が遠のくと思いますよ」

内科医である氷川は、最後まで説明されなくても祐の手の内がわかった。

「もしかして、女の子が性病とかいう噂《うわさ》?」

「さすが、お医者様ですね。その通りです。ネットや口コミで広めます。風評被害って結構恐ろしいんですよ」

そのほか、藤堂組資本のクラブやキャバクラで数字を出している売れっ子ホステスを引き抜く。これは眞鍋組の構成員ではなく、清和や橘高が懇意にしているクラブのママに仕掛けさせる予定だ。クラブ・竜胆《りんどう》の志乃《しの》も喜んで協力するという。

そして、藤堂組が関係している土建屋や運送会社に仕事を回さないように手を回す。これは、橘高の古い知り合いの力を借りる予定だ。

持久戦になるかもしれないが、遠からず藤堂組はボロを出す。それこそ、ヤバイ商売に手を出して警察に摘発されることになるかもしれない。

抗争といっても血で血を洗う抗争ではないので、氷川は低く唸《うな》ってしまう。橘高や安部といった昔気質《むかしかたぎ》の武闘派は、藤堂組に対する戦略に感心していた。よくそんな手を思いつくな、と。

今回の軍師に当たる祐は、橘高と安部の態度に肩を竦《すく》めた。

「橘高顧問、安部さん、こんなことで感心しないでください。相手はあの小汚い藤堂ですよ？　藤堂がどうやって伸し上がったか、橘高顧問や安部さんはご存じのはず」

若い清和やリキ、祐も噂に聞くだけで実際に藤堂が台頭してきた頃を知らない。しかしながら、古参の橘高や安部はその時を知っている。当時を知る者は驚くべき藤堂の出現だったと口を揃えた。

「ああ……元々、今の藤堂組のシマは双東会《そうとうかい》と金子《かねこ》組、二つの暴力団がシノギを削っていたんだ。小競《こぜ》り合《あ》いは日常茶飯事、サツにも目をつけられていたが、あれは組長同士の意地の張り合いみたいなもんだったたな」

橘高はどこか遠い目で当時のことを語った。

藤堂は金子組の一員で、若いながら金儲《かねもう》けの上手《うま》さで瞬《また》く間《ま》に頭角を現した。橘高が初めて藤堂を知った時、金子組の若頭補佐だったという。当時は若い二枚目ということで幹部であってもみくびられていた。

「双東会と金子組が共倒れみたいな形で解散したかと思ったら、あの優男《やさおとこ》が藤堂組の看板を掲げたんだ。驚いたぜ」

裏で地図を描いていたのは、間違いなく藤堂だ。あっという間にシマを掌中に収めた藤堂には誰もが度肝を抜かれた。

「金子組の組長と若頭は事故死ですね。あまりにもタイミングがよすぎます。手を下したのは藤堂でしょう」

祐がズバリと指摘すると、橘高は苦虫を嚙《か》み潰《つぶ》したような顔になった。

「う……藤堂じゃないと思うんだが、もしかしたら藤堂かもしれない。藤堂だとしたら、そうせざるをえない何かがあったんだろうが……性根が腐りきっている奴ではないと思う」

「橘高顧問にかかればどんなワルでもいい男です。藤堂に対する評価には反論させていただきます」

最高顧問の橘高に反論した祐を、誰も咎《とが》めることはしなかった。清和の腹心たちも祐と同じ意見だからだ。

「祐……」

橘高は大物らしく、祐に目くじらを立てることはなかった。葉巻を口にすると、隣にいた安部が火をつける。

「本筋に戻します。元金子組の構成員の中には藤堂を敵として憎む男がいます。元双東会の残党の中にも数名いるとか。彼らをたきつけましょう。藤堂を恨む彼らを使わない手はありません」

元金子組の構成員はほとんど藤堂組の構成員になったが、藤堂を嫌って去った男たちが数名いる。金子組の組長や若頭に特に可愛がられていた舎弟たちだ。

祐の戦略に文句のつけようはないが、抗争には違いない。氷川が祐の甘く整った顔をじっと見つめると、飄々《ひょうひょう》としているサメが口を挟んだ。

「姐さん、そんなに心配しなくてもいいですよ。薬屋として急激に伸し上がった藤堂組には今時のヤクザしかいないんです。戦争で命を捨てる覚悟のある組員はいません」

サメの言葉はなんの慰めにもならない。氷川は目の前に並んだ藤堂の資料に手を伸ばした。

藤堂和真は偽名で本名は祠堂和仁《しどうかずひと》、本籍地は関西屈指の高級住宅街である芦屋《あしや》の六麓荘《ろくろくそう》であり、良家の子息として生まれ育っている。貿易会社を経営している父親は地元の名士で、母親は元華族の出身だ。母方の叔父《おじ》には世界的に有名なピアニストがいる。本来、藤堂は極道の世界に身を投じるような男ではない。

「当時の趣味は乗馬にピアノ？　藤堂さんはお坊ちゃまだったのか」

　氷川が資料を手にしたまま惚《ほう》けていると、藤堂を調査したサメがシニカルに笑った。

「お坊ちゃまの鑑《かがみ》のようなお坊ちゃまでしたけど、何があったのか、大学生の時に家を出ました。探しに来た両親を半殺しにしていますね。桐嶋と一緒に上京したと思われますが、それからの、金子組に入るまでの消息が摑《つか》めません。……近日中に摑んでみせます」

　氷川には両親に暴力を振るう息子の気持ちが理解できない。いや、その場を想像することすらできなかった。

「ご両親を半殺し……？」

「藤堂は何不自由なく育ったお坊ちゃまだと思います。そのお坊ちゃまがああなったんですから、根性が腐りきっているんじゃないですかね」

　サメの厳しい藤堂の評価に、氷川は二の句が継げなかった。清和は藤堂の名を耳にするだけで身に纏《まと》っている空気が変わる。

「藤堂さんて……」

「藤堂は侮《あなど》れません。ですが、藤堂組で注意しなければならないのは藤堂だけです。だから、藤堂は小汚い罠《わな》を仕掛けてきたんです。姐さん、そんなに心配しないでください」

　何をどのように言われても、氷川は安心することなどできない。けれども、すでに走りだしている眞鍋組を止めることができないことはよくわかった。しかし、止められるものならば止めたい。

「僕が担当した患者さんじゃなかったけれど……遺伝的な肝臓病の患者さんがいたんだ。ご本人も余命いくばくもないと覚悟を決めていたらしい。脳死移植を登録してもほんの気休めだって、ご本人は微笑んでいたそうだ。でも、その時が目前に迫ると、患者さんは生体肝移植を希望した。ドナーが見つからなくて……とうとうお金でドナーを買ったらしい。それも問題のあるドナー……あの患者さんの気持ちがよくわかる」

氷川がどこか遠い目で今の心境を語ると、その場にいた男たちはいっせいに同じ表情を浮かべた。誰もが切なそうに目を細める。

サメが顔を右手で覆って、氷川の心境を喩《たと》え直《なお》した。

「今の姐さんはマリッジ・ブルーのお嬢さんだと思います」

結婚前に悩む女性のことは、サメに説明されなくても知っている。マリッジ・ブルーに喩えられた氷川の目が吊《つ》り上《あ》がった。

「マリッジ・ブルー？」

「ほら、もう全部決まっていることなのにあれこれ悩むとかいうヤツですよ。……あ、マタニティ・ブルーのほうがしっくりくるのかもしれません」

「サメくんっ、何がマタニティ・ブルーッ」

氷川が憤慨して声を荒らげると、終始無言だったリキが淡々とした調子で今後の見通しを述べた。

「姐さん、今、ここで藤堂を叩《たた》き潰《つぶ》しておかないと、いつかどこかで組長がやられますから」

サメや祐、橘高や安部はそれぞれ大きく頷いた。

リキの言うことにも一理あるが、抗争に賛成することはできない。だからといって、もう反対することもできない。返事をしたくなくて、氷川はガラリと話題を変えた。

「ショウくんは？」

まだ若いチンピラといえども、宮城翔《みやぎしょう》ことショウは清和の信頼の厚い幹部候補だ。この場にいないことがおかしい。

氷川の質問に、リキが答えた。

「木村《きむら》先生を探している最中です」

リキにモグリの医者の木村を探せと命令されて、ショウが真っ青になっていたこと思いだす。確か、木村はクラブ・竜胆のホステスとどこかに遊びに行っているはずだ。木村をこの場所に連れてくることは至難の業かもしれない。

「まだ見つからないのか？　桐嶋さんは？　まさか、あのままなの？」

命に別状はないと思うが、桐嶋は悪鬼と化した清和にひどく痛めつけられていた。人の命を預かる医師として、桐嶋の怪我《けが》が気になるのは仕方がないだろう。それなのに、桐嶋の名を出した途端、清和の周囲に青白い炎が燃え上がる。祐も面白くないといった感情を隠そうともしなかった。

「医療に明るい者が応急処置を施しましたので、桐嶋なる竿師の心配はご無用にお願いします」

ポーカーフェイスのリキの注意に続いて、渋面のサメも口を開いた。

「姐さん、前も言った覚えがありますが、優しいのもいい加減にしてください。桐嶋なんてどうなってもいいでしょう？　それとも、まさか、桐嶋が気に入ったんですか？」

サメの言葉を聞いた瞬間、清和の鋭い目がさらに鋭くなる。橘高や安部の突き刺さるような視線も痛かった。

「そんなことあるわけないでしょう。僕は医者だ。目の前に怪我人がいたら気になるのは当然だよ。ただ、それだけだ」

氷川が筆で描いたような眉《まゆ》を顰《ひそ》めて反論すると、サメはわざとらしく肩を竦めた。清和以外の男に氷川が心を奪われるはずがない。それはこの場にいる誰もがわかっているはずだ。

「姐さん、俺たちの前ではお医者様ではなく姐さんでいてください。俺たちも姐さんとしてお仕えしていますから」

サメの言葉が二代目姐として清和の隣に座る氷川に重く伸しかかった。

もう、氷川にはどうすることもできない。港を出た船を止めることはできないのだ。無事な航海を祈るのみである。

氷川は二代目姐として取るべき行動を祐から指示された。

藤堂を油断させるためというか、目をくらませるために、氷川は何事もなかったかのように仕事をしたほうがいいとのことだ。氷川を眞鍋第三ビル内で保護するという清和とは意見が対立したが、祐に軍配が上がった。なんてことはない、氷川が祐を支持したからだ。

氷川は清和に肩を抱かれて、十七階にある部屋に戻った。

最愛の男と一緒にベッドに横たわっておやすみのキスをしたが、氷川は目を閉じることができない。

「清和くん、もう一度キスして」

清和は氷川の望み通り、紅を塗ったような唇にキスを落とす。

「おやすみなさい」

氷川が深い眠りにつくと、清和はベッドから下りて腹心たちの元に戻った。清和は最初からそのつもりだったのだろう。

夢の国に旅立った氷川も、自分のために清和がベッドルームにやってきたことを知っていた。

2

　翌朝、氷川《ひかわ》が目覚めた時、隣に極彩色の昇《のぼ》り龍《りゅう》を背負った若い男はいなかった。宿敵と戦っているのだろう。

　パジャマ姿で氷川が顔を洗っていると、来客を知らせるインターホンが鳴り響いた。送迎係のショウにしては早すぎる。モニターで確認すると、モグリの医者の木村《きむら》が立っていた。

「木村先生？」

　氷川が玄関のドアを開けると、木村が挨拶《あいさつ》もせずにズカズカと上がってきた。無精髭《ぶしょうひげ》がないし、髪の毛も乱れていないので、今朝の木村は渋めの紳士だ。ボタンは半分しか留められていないがシャツ自体はいいものだし、ズボンも靴もイタリア製の高級ブランドである。

「姐《あね》さん先生《せんせい》、メシだ。美味《うま》いメシを食わせろ」

「……え？」

　氷川が呆気《あっけ》に取られていると、ゆるいウェーブがかかった長い髪の女性が木村の腕を摑《つか》んで引き戻そうとした。

「木村先生、姐さんにそんなことを言っちゃ駄目ですよぅ」

涙声だが誰であるか一発でわかる。長い髪の彼女、いや、彼女は女性ではない。薄い化粧を施《ほどこ》して、リボンやフリルのついたピンクのワンピースを身につけているのは、清和《せいわ》の舎弟である信司《しんじ》だ。変わっている、と評判の若者であった。信司の艶姿《あですがた》ならぬ女装姿に氷川の顎《あご》は外れそうになる。

「うるせぇ、オカマっ、俺は口説いて口説いてやっと口説き落としたかすみと温泉に浸かっていたんだぜ？　それなのに見たくもねぇ男の身体《からだ》を見せられたんだ。メシぐらい食わせろっていうんだよ」

木村は鬼のような形相で凄《すご》むと、懇願する信司を振り切って廊下を進んだ。

昨夜《ゆうべ》、木村は負傷した桐嶋《きりしま》と橋爪《はしづめ》の治療のために呼ばれている。おそらく、ショウに腕ずくで連れてこられたのだろう。木村の性格から考えるに、機嫌が悪いのは当然だ。医師として桐嶋と橋爪の容態は気になるが、氷川は清和の隣に座る者として尋ねることはしない。

木村はダイニングテーブルにつくと、氷川に向かって大声で怒鳴った。

「姐さん先生、メシ。俺はインスタントとかレトルトは嫌いだからな」

玄米入りのご飯は炊けているが、起きたばかりなので朝食の用意はまだだ。氷川は冷蔵庫にある食材を脳裏に浮かべて木村に言った。

「木村先生、ちょっと待っていてください」

「新妻の手料理なら待ってやるさ。……で、裸エプロンじゃねぇのか。気がきかねぇな」

木村は氷川の姿が不服らしく、忌々《いまいま》しそうに舌打ちをする。何を想像しているのか不明だが、信司は真っ赤な顔を隠すように両手で覆った。

「僕がそんなのしても楽しくないでしょう」

「ボンなら嬉《うれ》しいんじゃないか？」

木村の言う『ボン』とは言うまでもなく清和のことである。氷川には返す言葉が見つからなかった。

「それに姐さん先生はそんな色気のないのを着て寝ているのか。スケスケのネグリジェぐらい着てやれよ」

ニヤニヤといやらしい笑みを浮かべている木村の前に、氷川は冷蔵庫から取りだした野菜ジュースの缶を置いた。

「先に野菜ジュースでも飲んでてください」

「俺、野菜ジュースは嫌いだ」

木村は野菜ジュースの缶を、完熟トマトのように真っ赤な顔の信司に手渡す。野菜ジュースで木村の口を塞《ふさ》ぐことは無理のようだ。氷川は木村を黙らせる次なる飲み物を口にした。

「青汁《あおじる》でも飲みますか？」

氷川は青汁を美味《おい》しいと思ったことは一度もないが、野菜が足りないと感じた日に飲んでいた。当然、その時は大事な清和にも飲ませる。どう考えても嗜好《しこう》にそぐわないが、文句一つ言わずに清和は青汁を飲んだ。

「罰ゲームじゃあるまいし、どうしてここで青汁が出てくるんだ？」

「とりあえず、ちょっと待っていてください」

氷川はキッチンに立つと、三人分の朝食を作りだした。清和の義母《はは》の典子《のりこ》が笑顔で木村に手料理をふるまったことを思いだす。橘高《きったか》の舎弟にも顔を合わせれば手料理を食べさせたらしい。橘高の舎弟にとって、典子は渡世上《とせいじょう》の母だ。典子を実母以上に慕う舎弟も多い。

「信司、お前にそういう趣味があったとは知らなかったぜ」

木村がフリルのついたスカートを捲《まく》りながら言うと、信司は首まで真っ赤にして反論した。

「違いますよぅ、ショウが女に化けろって……」

信司はスカートの裾《すそ》を押さえて、眞鍋《まなべ》組の特攻隊長の名を挙げる。その瞬間、木村の顔が引《ひ》き攣《つ》りだした。

「ショウ、あいつ、よくもまぁ、いけしゃあしゃあと嘘《うそ》がつけたものだ。何が、かすみよ

り若くて可愛《かわい》い女がいる、だ。どこが若くて可愛い女だ。かすみより若いのは確かだが男じゃねえか」

「だって、先生、どんなに頼んでも来てくれなかったじゃないですかっ。怪我人《けがにん》がいるのに……リキさんに『早く連れてこい』って、ショウも俺もどれだけ怒られたと思っているんですか」

仏頂面《ぶっちょうづら》の木村と涙の跡が頰《ほお》に残る信司の会話から、昨夜、どのようなことがあったのか想像がついた。学生のような風貌《ふうぼう》の信司を女装させて、美女と遊んでいる木村を釣り上げたのだ。

氷川はネギを入れた厚焼き玉子と昆布で巻いた挽《ひ》き肉《にく》料理をテーブルに置くと、木村の横で突っ立っている信司に声をかけた。

「信司くん、座りなさい。食事にしよう」

意外だったらしく、信司は目も口もポカンと大きく開けた。

「……え？　俺も？」

「そうだよ」

信司はもじもじしていたが、とても嬉《うれ》しそうに頰を紅潮させた。

「……い、いいんですか？」

「うん、信司くんの分も作ったから。一緒に食べよう」

氷川は油揚げとワカメの味噌汁《みそしる》を、炊き立てのご飯とともにテーブルに載せる。切り干し大根とサラダ仕立てのまぐろを盛った皿も、醤油差し《しょうゆさ》の横に置いた。

「姐さん先生、ボンは何も言わねぇのか？」

れんこんのきんぴらを箸で突《つつ》くと、木村はニヤリと笑った。おそらく、木村は清和の肉食嗜好を知っている。

「何も言いません」

食卓に並んだ料理はなんであれ、清和は文句一つ言わずに平らげる。義母の典子も清和からおかずについて文句を言われたことは一度もないそうだ。

「ボンを尻《しり》に敷いているな」

「誰のための健康食だと思っているんですか。健康でなかったら何もできませんよ」

「健康でも鉛弾なんか食らったらおしまいだけどな」

藤堂組との抗争を指しているのか、木村は意味深な言葉を口にした。気づかない氷川ではない。

「鉛弾なんて食らわしたくありません」

氷川が溜《た》め息《いき》をつくと、春菊ときゅうりの白和《しらあ》えを飲み込んだ信司が勢い込む。何を考えているのかわからない男だが、信司もまた清和に命を懸ける熱血漢だ。

「姐さん、大丈夫です、組長は必ずお守りしますから」

「信司くん……」

氷川が万感を込めて信司の名を呼ぶと、木村は鼻で笑い飛ばした。

「姐さん先生、今時の組長って知っているか？　今時の組長同士の話っていえば、人間ドックの結果だのメタボの話だぜ？　戦争なんてもってのほか、ヤクザがヤクザでなくなっている。もう今ではヤクザらしいヤクザは関西のヤクザ、それも長江《ながえ》組ぐらいだって言うぜ？　藤堂《とうどう》とやり合うなんてボンは骨があるじゃねぇか」

抗争を避け、何事も金で解決しようとするのは現代のヤクザの常だ。特に関東一円のヤクザに多い。平和主義というのは些《いささ》か語弊があるかもしれないが、関東のヤクザ界は平和共存路線を走っている。関東の最大暴力団組織である尾崎《おざき》組並びに竜仁会《りゅうじんかい》が率先して、抗争なき時代を示していた。東のヤクザの資質というより、日本の中心である東京という土地ゆえかもしれない。

「今時の組長でいいじゃないですか。そんな骨なんてなくていいんです」

氷川が目を吊《つ》り上《あ》げると、木村はからからと高らかに笑って薄い味のうずら豆を口に放り込んだ。それから、さんざん昨夜の愚痴を言い続け、氷川が作った料理を平らげる。

コーヒーを飲んだ後、木村はリビングルームのソファで寝てしまった。豪快ないびきをかいている木村に、信司はおろおろしている。

「信司くん、起こさなくていいから」

氷川はクローゼットから取りだしたブランケットを手にしたまま、木村の鼻を摘もうとした信司に声をかけた。

「そうですか？」

「ああ、気にしないでいい」

氷川が木村にブランケットをかけると、信司は満面の笑みを浮かべた。そして、木村の枕元《まくらもと》にクマのぬいぐるみを置いた。木村が中年男でなければ可愛らしい光景だ。

そもそも指定暴力団の頂点に立つ清和の住居に相応《ふさわ》しくないインテリアは、すべて信司が氷川のイメージで揃《そろ》えたという。どこもかしこもピンク・白・花柄で統一されていて、ベッドルームには円い鏡の鏡台まである。以前から聞きたかったことを氷川は聞いた。

「信司くん、この部屋の中のもの、僕のイメージで信司くんが用意してくれたって聞いたんだけど？　僕ってこういうイメージなのかな？」

氷川が優しい口調で尋ねると、信司は嬉しそうに大きく頷《うなず》いた。

「はい、似合います」

自信たっぷりの信司に、氷川は内心の動揺を隠して重ねて問うた。

「僕にピンクとか花柄とかレースとかフリルとかが？」

「姐さんはフリフリしてるのが、似合いますよ。どうしてそんなスーツを着ているんですか？」

地味な色のスーツに袖《そで》を通す氷川に、信司は首を傾《かし》げている。

「……僕は男だからね」

それ以外、氷川には言うべき言葉が見つからなかった。

「姐さんだったらもっと可愛いのが似合いますよ」

信司は氷川の性別を間違えているわけでもないし、揶揄《からか》っているわけでもないし、悪気があるわけでもない。たぶん、信司とはこういう男なのだろう。氷川は苦笑を漏らして、スーツを選ぶ理由を述べた。

「僕は医者だからね」

「どうして医者になったんですか？」

「僕は医者以外、考えられなかった」

氷川が身なりを整えると、送迎係のショウがやってきた。木村と信司を見て、目を丸くしたのは言うまでもない。

「先生、すみません」

ショウは詫《わ》びるばかりで、木村を叩《たた》き起《お》こそうとはしなかった。おそらく、昨夜、木村は神経と体力を消耗したのだろう。

「いいよ、構わない」

ショウは氷川の鞄《かばん》を手にすると明るく言った。

「じゃ、行きますか」

何事もなかったかのように過ごすことが、祐《たすく》から指示された氷川の役目だ。珍しくシックなシャツを身につけているショウとともに、氷川は眞鍋第三ビルを後にした。ショウがハンドルを握る黒塗りのベンツは、朝靄《あさもや》のかかった眞鍋組のシマをあっという間に通り抜ける。

「先生、信司を見て驚いたでしょう？　あいつがなんて言ったのか知りませんけど、誤解しないでください。女に化けろって信司に言いましたけど、あそこまでやれとは言いませんでした。あいつは脛毛《すねげ》まで剃《そ》りましたからね」

氷川はショウが意図的に抗争の話題から逃げていることに気づいていた。今、ショウにあれこれ言う気はない。

「信司くん、可愛いパンツを穿《は》いてた」

白い絹の長い靴下に白いガーターベルトというアイテムには、木村もひとしきり唸《うな》っていた。いっそ極めるなら、パンツの中も女に化けろ、と注文をつけて、信司を泣かせてもいた。信司に助けを求められて、氷川も加勢したものだ。

「だから、スカートの中身まで女に化けろとは言ってねぇんです。信司は見事な化けっぷりで木村先生を騙《だま》しましたからね。信司を見たサメさんや祐さんは噴きだしました。橘高顧問と安部《あべ》さんの顔は見物でしたよ」

その時を思いだしているのか、ショウの肩は小刻みに震えていた。氷川もその場に立ち会いたかったと思う。

「僕も見たかった……それで清和くんはどうだった？」

「無言で固まっていました」

予想通りの清和の反応がショウの口から出たので、氷川は頬を緩ませた。何気なく車窓に視線を流すと、信司にどこか似た青年がハロウィンのお化けかぼちゃが飾られている店の前を歩いている。おそらく、最寄りの駅に向かっている学生だろう。

「信司くん、ヤクザに見えないのに」

「あいつは自分から眞鍋組に飛び込んだんですよ」

ショウはハンドルを左に切りながら、信司が清和と杯を交わした経緯《いきさつ》を語りだした。清和が直属の舎弟を求めて、ショウの知人がいる暴走族の集会に顔を出した時のことだ。その時、血気盛んな男に対する筋者の勧誘の台詞《セリフ》は決まっている。

『我こそは漢《おとこ》を磨きたいという奴、いないか？』

迫力を漲《みなぎ》らせたリキの言葉の真意が、わからない暴走族の男はいない。誰もが眞鍋組への勧誘だとわかっていた。だからこそ、ライダースーツに身を包んだ金髪頭の青年から質問があった。

『眞鍋組の給料はいくらですか？　ボーナスは出るんですか？　残業手当てはありますよ

ね？』

給料やボーナス、残業手当てについて尋ねられると予想していなかったらしく、いつでも冷静沈着なリキが驚いた。清和やサメにしてもそうだ。ぶはっ、とショウは盛大に噴きだした。

『週休二日制ですよね？　有給はあるんですか？』

『保険はあるんですよね？　福利厚生はあるんですか？』

『戦争になったら戦わなくちゃいけないんですか？』

今まで暴走族の就職先といえば暴力団だったが、だいぶ変わってきているようだ。いや、二極化しているのかもしれない。暴力団も真っ青の犯罪グループのような暴走族もあれば、サークル活動の延長のような暴走族もある。どちらにせよ、以前と様変わりしていることは間違いない。

長居は無用、と眞鍋組一行はその場から去ろうとしたが、アバクロンビー&フィッチのジーンズを穿いた爽《さわ》やかな若者が手を上げた。

『はい、はい、はい、はいっ、僕、漢を磨きたいです。ピッカピッカに磨きたいです。ピッカピッカの漢になりますっ』

彼こそが信司である。信司は暴走族のメンバーではなく、バイクの免許すら持っていなかった。暴走族の一員に友人がいて、その日は単なる興味でパレードに参加したらしい。

どう考えても、信司にヤクザは無理だ。リキだけでなくサメ、ショウも信司には『NG』を出した。下手《へた》をしたら爆弾を抱え込むことになりかねない。しかし、ただ一人、清和が『OK』を出した。

「清和くん、信司くんを一目で気に入ったのかな?」

誰でもいい、という理由で信司を舎弟にしたとは思えない。度量が狭いというわけではないが、清和は冷静な目でいつも人を選んだ。

「……さぁ? 信司は不思議な男でマジにわけわかんねぇけど、信頼できる奴だっていうことは確かっス」

信司に背中を向けた途端、ピストルで撃ち抜かれる危険性はないということだ。清和は信司の純粋さを買ったのかもしれない。

「そうだね」

世界的に有名なデザイナーの大邸宅を車窓越しに眺めつつ、氷川はショウの信司評に賛同した。

「……それでですね、今日は予定通りよろしくお願いします。ボディガードを拒まないでください。仕事といえども一人で寂しいところを歩かないでください。できるなら、一人にならないでください。口煩《くちうるさ》くてすみませんが、お願いします」

病院は潜り込もうと思えば、誰でも潜り込める場所である。それこそ、スタッフに化けて院内を闊歩《かっぽ》することも難しくはない。誰もがスタッフ全員の顔を知っているわけではないからだ。

「うん、わかってる」

「俺たちは先生を人質《ひとじち》に取られたら手も足も出ません」

ショウが清和及び眞鍋組最大の弱点を口にした時、氷川の勤務先である明和《めいわ》病院の白い建物が見えた。

氷川はいつもの場所で降りて、徒歩で病院に向かう。


氷川は外来の診察室で、初診患者としてやってきた大前篤行《おおまえあつゆき》を診察する。篤行は眞鍋組の企業舎弟である株式会社サカイの社員で、リキの実兄騒動の時に一度会った。彼とは施設時代の知り合いという設定で『諒一《りょういち》』と『篤行』と、親しく呼び合ったものだ。覚えのない個人病院の院長が綴《つづ》った紹介状に不審な点はない。添えられている検査結果はすこぶる悪かった。

「もう、なんて言ったらいいのか……身体《からだ》が重くて辛くて、頭痛もひどいし、耳鳴りもするんです」

顔色の悪い篤行は心臓に手を当てて苦しそうに病状を訴えるが、仮病ということはわかっている。篤行は氷川のボディガードとして送り込まれたのだ。彼が患者として入院して、院内で働く氷川を守る。自分の立場を知っている氷川は、篤行のボディガードを断ることはできない。

「食欲は？」

迫力は遠く及ばないが、篤行は顔立ちや体形がリキによく似ている。リキと性格はまったく違うが、信頼に値する人物だ。褒《ほ》められたことではないが、病人ぶりもなかなかのものである。

「ないんです」

「睡眠時間は？」

「疲れているのに眠れないんです。睡眠薬なんて飲みたくないけど、飲まないと眠れないし、仕事にも差《さ》し支《つか》えるので……」

計画通り、氷川は入院の手続きを取った。

常連患者であるおっとりとした老婦人と白い髭《ひげ》を生やした老人を診察した後、やたらと顔色の悪い中年男が目の前に座った。

「どうかなさいましたか？」

「胸がむかむかするんです。たまに胃がしくしく痛んだりして……昨日は足が痺《しび》れて歩けませんでした。こんなこと、初めてです」

カルテに記されている患者名に見覚えがある。彼もまたボディガードとして眞鍋組から回された男だ。本物の病人としか思えない。

氷川は手筈《てはずどお》通り、入院の手続きを取った。

次の患者は常連である髪の毛を薄い紫色に染めた老婦人だ。病院の周囲に広がっている高級住宅街の優雅な住人で、旅行会社の社長である長男夫婦と同居しているが、孤独感を噛《か》み締《し》めているらしい。幾度となく上品な老婦人から長男夫婦の愚痴を聞いた。

「先生、このところ、長男の嫁が優しいのよ。どうしたのかしら？」

ここは病院ですよ、なんてことは口にしない。仲のよかった夫に先立たれた老婦人には無駄なお喋《しゃべ》りも必要だ。そういう時間も余裕も本当はないのだが、氷川は上品な老婦人の話し相手になった。

「優しいならいいじゃないですか」

息子の嫁ならばまだしも、可愛がっていた孫に言葉の暴力を振るわれて、体調を崩してしまった老人もいる。現代の闇は昔と違って陰湿だ。

「私に逆らうことしかしてこなかった嫁よ？　裏がありそうで怖いわ。何が目的なのかしら？」

「そんなことは考えずに、優しくされていればいいんですよ」

氷川が慈愛に満ちた微笑を浮かべた時、隣の診察室から老人のしゃがれた怒鳴り声が響いてきた。

『若造、こっちを向かんかーっ』

患者に若造と呼ばれた医師は白髪《しらが》交じりの中年だ。

『いきなりなんですか?』

「一時間も待たせておいて、患者の顔も満足に見ずに薬を出してそれで終わりとは何事かっ」

老患者が憤慨している理由を、氷川は即座に理解した。

待ち時間だけで一時間以上かかり、肝心の診察は五分以内、これは明和病院だけでなく大規模な総合病院で頻繁にみられるケースだ。医師が患者の顔をまともに見ることもせず、処方箋《しょほうせん》を書くことも多かった。せわしない外来の診察は一種の流れ作業になってしまうことが珍しくない。

氷川はどんなに忙しくても、患者の目をちゃんと見て話すことを心がけていた。

「あらあら、あんなに怒鳴ったら血圧が上がるわよ。待ち時間が一時間だったらまだいいほうよねぇ? 二時間以上待たされたこともあったわ。どうしてほかの患者さんと一緒にお茶を飲みに行かないのかしら。食堂のお紅茶もケーキも美味しいのに」

氷川の前にいる老婦人はおっとりと、大規模な総合病院との付き合い方を述べた。病院をサロンにしている老婦人ならではの言動かもしれない。

氷川は苦笑を浮かべて、上品な老婦人の処方箋を書いた。


目まぐるしい外来の午前診察を終えて、氷川は医局に戻った。遅い昼食を摂《と》ろうとしたが、何も用意してなかったことに気づく。心に余裕がなかったせいか、昼食のことなどまったく忘れていたのだ。

購買部に向かったが、気が変わって食堂に入った。

豆がいっぱい入ったカレーと野菜サラダを注文すると、食堂の主人はコーヒーをおまけにつけてくれる。氷川は礼を言って、窓際のテーブルについた。

時間が時間だけに、客はまばらで閑散としている。

秋の心地よい風に頰を撫《な》でられ、氷川は心を和ませた。たまには、庭を眺めながら食事をするのもいい。

出口に近いテーブルには、見舞い客に扮《ふん》した眞鍋組の若い構成員がいた。清和の舎弟で、氷川も何度か言葉を交わしたことがある。食堂のほぼ中央にも、爽やかな好青年に見える眞鍋組の若い構成員がいた。こちらは白髪頭の老人と一緒にコーヒーを飲んでいるが、祖父の病院通いに付き添う孫という演出かもしれない。食堂に入ってきた二人連れの若い男たちも清和の舎弟である。

いったい何人ボディガードについているのか、氷川は啞然《あぜん》としてしまう。気がつかないだけで、まだほかにいるのかもしれない。

氷川はスプーンを手にしたまま、それとなく周囲を見回した。暴力団関係者のような風《ふう》貌《ぼう》の持ち主は、とんかつ定食を食べている中年の外科医だけだ。清和の舎弟はヤクザに見えない容姿の男が多かった。

ここでボディガードを数えることもあるまい。スパイスの効いたカレーを、氷川は黙々と口に運んだ。

氷川は食事を終えると、医局に戻る。内科部長と話をしてから、病棟に向かった。本日入院させた、眞鍋組の関係者の状態も確認する。

「こんなに悪くなるまでどうして放っていたの。命あってのものだねよ」

ベテランの看護師に、パジャマ姿の篤行は注意されていた。篤行が病人ではないと知ったら、ベテランの看護師は烈火の如く怒るだろう。

氷川は篤行に担当医として接した後、隣の病室に進んだ。グレーのパジャマに身を包んだ中年の山形《やまがた》は小さな食料品会社を経営している社長で、胃に穴を三つも作っただけでなく、腎臓《じんぞう》も悪くしていた。働き盛りの山形を助けたいと、氷川は躍起になっている。

「山形さん、どうですか?」

氷川が容態を聞くと、山形は白髪が目立つ頭を掻《か》き毟《むし》った。

「今日もヤクザが会社にやってきたそうです。あいつらはうちを倒産させるつもりですか」

氷川が聞きたかったのはそういうことではないが、思い詰めている患者に冷たくすることはできなかった。

「どう考えても原因はストレスです。少しの間でいいですからお仕事を忘れてください」

「先生、他人事《ひとごと》だと思って……ヤクザっていうのはね、事故に遭ったら、まず入院するんです。一人につき五百万は取ります。ですから、わしも一人につき五百万は覚悟していたんです。……払ったのに、後遺症だのなんだの、またふっかけてきやがった。それも半端じゃない金額を……」

山形は暴力団の構成員と接触事故を起こした。事故の原因は山形の前方不注意だ。暴力団の構成員に怪我はなかったが、事故となれば彼らは必ず入院するという。それも息のかかった病院に、だ。

台所事情の苦しい暴力団があらゆる手段を駆使して金を集めることは、週刊誌などの記事で氷川も知っていた。暴力団関係者と事故を起こしたら、そこで終わりだと聞いたこともある。ゆえに、車の好きな同僚医師から、ヤクザが好みそうな高級車の付近は走らないという話も聞いたことがあった。

「弁護士さんに頑張ってもらいましょう」

「弁護士も頭を抱えています。関西のヤクザは半端じゃないって……」

「関西のヤクザですか」

「ほら、あの、長江組がバックにいる暴力団だから強気なんですよ」

全国最大の暴力団組織である長江組の苛烈《かれつ》さは周知の事実だ。長江組の二次団体も途方もなく凄《すさ》まじい。氷川の瞼《まぶた》に元長江組の構成員だったという桐嶋の顔が浮かんだ。患者として現れた桐嶋にそれらしい雰囲気は微塵《みじん》も感じられなかったが、今はそういう時代なのかもしれない。

「いざとなったら警察に……」

極道を愛した者の言うことではないが、氷川は国家権力を口にするしかできない。

「警察はなんの役にも立ちませんよ」

山形が警察に不信感を抱いていることは確かだが、それについて、何をどのように言えばいいのかわからない。さしあたって、何も口にしないほうがいいとは気づいていた。たぶん、警察との一連の出来事を思いだすだけで山形の病状は悪化するだろう。

「交通事故においての警察の評判は僕も聞いたことがあります」

交通事故の被害者の悲惨な現実は院内でもよく耳にする。医事課の事故担当者が加害者と保険会社に憤慨していたこともあった。

「……それでですなぁ、今、ヤクザにはわしだけでなく事故担当者も入院したっていう理由で躱《かわ》しているそうです。まぁ、実際、そうなんですけどね。事故担当者もおかしくなってしまいました。あいつらのことだから、ここを嗅《か》ぎつけて乗り込んでくるでしょう。あの人相の悪いヤクザが乗り込んできたら、ほかの患者さんの心臓が止まるかもしれません。どうしましょう？　ご迷惑をかける前に退院させてもらえませんか？」

がっくりとうなだれる山形が痛々しくてたまらなくなったが、氷川はヤクザに怯えたりはしない。

「ここで暴れてもらったほうがいいんじゃありませんか？」

氷川はにっこりと微笑んだが、山形は豆鉄砲を食らった鳩《はと》のような顔をした。

「氷川先生？」

「ここで大暴れしたらすぐに警察に通報しましょう。そのほうがいいんじゃありませんか？　暴力団に対する法律もあったと思いますが？」

暴力団への締めつけは年々、厳しくなっている。そのことは山形も知っているようで感嘆の息を吐《つ》いた。

「氷川先生、結構、大胆ですね」

「僕は医者ですよ？　患者さんの治療の妨げになるようなことは排除したい。特に山形さんの場合、原因がはっきりしていますから」

　会社を営んでいる山形が、仕事を忘れることはできないだろう。それでも、ほんの少しの間でもいいから忘れるように、氷川は優しく諭した。ストレスで日に日に悪くなっていく患者に、氷川の言葉がどこまで届いたのか定かではない。

　それから、二十三歳以下の美女を担当看護師にしろと要求した贅沢病《ぜいたくびょう》患者を診《み》た。心情的には今すぐにでも退院させたいが、医師としては到底できない。氷川はお約束となっている注意を繰り返した。

　医局に向かって病棟の廊下を歩いていると、高校時代の友人の滝沢浩太郎《たきざわこうたろう》に声をかけられた。

「氷川……」

　一昨日《おととい》の夜、氷川は滝沢の母親の緊急入院に便宜を図った。もう少し遅ければ滝沢の母親は失明するところだったらしい。

「滝沢、お母さんはどうだ?」

　昨日、総合受付で聞いたことを、氷川は今日も繰り返した。これはもう医師としての習性だ。

　滝沢も爽やかな笑みを浮かべて、昨日と同じ返事をした。

「おかげさまで順調だ」

「仕事は？」

滝沢は口の前で人差し指を立てると、わざとらしいぐらいかしこまった態度で答えた。

「今、私は銀座《ぎんざ》でお客様とお会いしていることになっております。先生、どうかご内密に」

滝沢は不動産会社の営業なので一日中、社内に閉じこもっているわけではない。ある程度の時間の都合はつくようだ。

「そうか、いざとなったら僕がお客様とやらに化けてやる」

氷川が満面の笑みを浮かべると、滝沢も釣られたように軽く笑った。屈託のない滝沢の笑顔は高校時代から変わっていない。

「氷川、礼がしたい。今夜にでもいっぱいどうだ？」

滝沢は右手で酒を飲む仕草を取った。どこかオヤジじみているのは、彼が積んだ社会経験の賜物かもしれない。氷川は変なところで感心しつつ、男にしては繊細な白い手を振った。

「礼なんて、そんなことを気にするな」

「いや、久しぶりにゆっくり飲みたいんだよ。今夜が駄目なら明日は？　何時でもいいぜ」

本来ならば優しくて誠実な滝沢との楽しい一時を断ることはない。だが、時が時だけに頷くことができなかった。藤堂組を叩き潰すまでは仕事を早めに切り上げて、眞鍋組のシマに直行することを約束している。

「悪い、このところ忙しいんだ。休みなんてあってないようなものだし、いつ呼びだされるかわからない」

「いつ呼びだされてもいいように、病院の近くでどうだ？　ああ、アルコールが駄目ならノンアルコールで乾杯といこうじゃないか。今、ノンアルコールでも美味いのがあるんだぜ」

滝沢がノンアルコールについて明るく語っているそばを、いかにもといった容貌の脳外科医が白衣の裾《すそ》を靡《なび》かせて通り過ぎる。尊大な態度の脳外科医に、氷川は挨拶代わりの会《え》釈《しゃく》をした。

「滝沢、僕の仕事が落ち着いたら、ゆっくり会わないか？」

「いつ頃？」

「僕の仕事相手は患者次第、正確なことは言えない。……滝沢？」

滝沢の爽やかな笑顔が翳《かげ》り、身に纏《まと》っていた空気が重いものに変わった。どこか悲愴感《ひそうかん》が漂っていて、氷川はたじろいでしまう。氷川の記憶にある限り、こんな滝沢を見たことがない。

「氷川、やっぱり俺の気持ちに気づいていたのか？」

滝沢が何を言っているのかわからなくて、氷川は目を見開いて聞き返した。

「……え？」

「俺の気持ちに気づいているから、俺を避けているのか？」

「避けるも何も、僕は本当に忙しいんだ。いっそ会うならゆっくりと落ち着いて会いたい」

氷川は高校時代の親友が利用されたことを思いだした。藤堂ならば氷川の交友関係を調べ上げて、買収することぐらい平気でやるだろう。誰からも好かれた優しい滝沢が、藤堂に金で買われたのかもしれない。人が変わってしまうことは、いやというぐらい知っていた。滝沢が隠し持っていた凶器を手にしても驚かない、という覚悟を決める。

「こんなところでなんだけど、零《こぼ》したから言うよ。逃げずに最後まで聞いてくれ」

滝沢は意を決したような目で語り始めた。

「……うん？」

「俺、高校の時からお前が好きだった」

予想だにしていなかったことを告げられて、氷川はその場に固まってしまった。指一本、動かすことができない。

「お前、メガネを外したら人形みたいに可愛かった。あんまりにも可愛いからびっくりして俺はお前の性別を疑った。そんなこと、あるはずないのにな。女だったらいいのに、っていう願望さ。俺は男のお前に惚《ほ》れちまった自分がおかしいんじゃないかと真剣に悩んだ」

嘘だろう、冗談だろう、と氷川は笑い飛ばしたいのにできなかった。滝沢の一言一言に重みを感じるからだ。

「…………」

「教科書を開いても参考書を開いても気晴らしに雑誌を開いても、お前の顔が浮かんでくるんだ。寝る前も天井にお前の顔が浮かぶ。体育の授業がある時なんて最悪だった。お前は真っ白で細くて……」

当時、氷川だけでなく滝沢も灰色の青春を送っていた。進学校で詰め込み式の勉強に励んだ弊害だと、氷川は言おうとしたが口にできない。滝沢の様子が尋常ではなく、幽鬼すら背負っているかのように見えたからだ。

「お前から離れたら忘れると思ったんだ。でも、お前と違う大学に行っても、どんな女と付き合っても忘れられなかった。あれから十年……いや、十年以上たったんだよな。あの女みたいに可愛かった氷川もいい加減老《ふ》けていると……老けていたら諦《あきら》められると思ったのに……」

滝沢が一歩近寄ったので、氷川は一歩後退《あとじさ》った。

「……あ、あのさ」

ようやく氷川は声を出すことができたが、滝沢を止める言葉にならない。

「お前、相変わらず、可愛いな。……駄目だ、俺はお前を忘れられない」

滝沢は大きな溜め息をつくと、辛そうに天を仰いだ。自分で自分の想《おも》いを持て余しているようにも見える。

「一時の気の迷いだ」

氷川はそうとしか言えない。いや、そうとしか思えない。そうであってほしいと切に願う。

氷川が逃げ口上を述べた瞬間、滝沢は悔しそうに顔を歪《ゆが》めた。

「おい、俺の話を聞いていなかったのか？　高校の時からずっと忘れられなくて苦しんでいたんだ。一時の気の迷いのはずがないだろう？　一時の気の迷いであってくれ、ってどれだけ思ったかわからない」

ワゴンを押して歩く補助看護師と挨拶代わりの会釈を交わした時、氷川は昨日の出来事を思いだした。昨日は怒濤《どとう》のようにいろいろなことがあったが、勤務中からその兆候はあった。人通りの少ない南棟と西棟の境目、ちょうどこの場所で、藤堂の命を受けた桐嶋に告白されたのだ。

そこで氷川ははっと思いだした。

滝沢の背後に藤堂がいるのかもしれない。

けれども、それは口にしないほうがいいだろう。どちらにせよ、滝沢の想いに応《こた》えることはできない。氷川は簡潔に終わらせようとした。

「滝沢、すまない」

氷川は軽く頭を下げて話を切り上げようとしたが、真摯《しんし》な目の滝沢に腕を摑まれてしまった。

「氷川、俺はお前を忘れられなくてずっと苦しんだんだ。こうやって告白した後、そう簡単に逃がすわけないだろう」

滝沢の言いように、氷川は面食らってしまった。

「僕にその気はない」

「その気がなくてもいい。友人同士でもいいから付き合ってほしい」

滝沢の腕を振りほどこうとしたが、体格の差は腕力の差でもあった。氷川の力で滝沢の腕を払うことはできまい。

「滝沢、変わったな」

氷川の知っていた滝沢ならば、決して腕力を駆使することはなかった。

「当たり前だ、不動産屋はヤクザって言われているんだぜ？　それも俺は営業だぜ？」

滝沢が自嘲気味《じちょうぎみ》に笑ったので、氷川は身体を強張らせた。証券会社は山師、不動産会社はヤクザ、などとはよく耳にするフレーズだ。

「……ヤ、ヤクザ？」

氷川が上ずった声で言うと、滝沢は目をきつく細めて頷いた。

「ヤクザは狙った獲物は離さない。……だからさ、俺、諦められないんだよ。今まで必死になって自分を騙《だま》してきた俺が馬鹿《ばか》だった」

「僕、好きな人がいるんだ。実は同棲《どうせい》している」

氷川が先日明かさなかった近況を告げた瞬間、滝沢は顔色を変えた。

「結婚するのか？」

藤堂の息がかかっているのならば、滝沢はこんなに動揺しないだろう。結婚という言葉も出ないはずだ。いや、何も知らないふりをしているのだろうか、氷川には判断がつかない。

「結婚が許されるならば結婚したい」

「お前、女と結婚できるのか？」

性癖を知っているかのような滝沢の口ぶりに、氷川は密かに動揺した。

「……なんのことだ？」

掠《かす》れた氷川の声を聞いて、滝沢は少し悲しそうな顔をした。

「俺もお前も十七の時だった。誰よりもお前を見ていた俺が気づかないとでも思っていたのか？　お前は日比野《ひびの》に押されて押されて押されまくって根負けして付き合っただろう？」

滝沢が指摘した通り、十七歳の時に親友だった日比野匠《たくみ》に引きずられるようにして関係を持った。消し去りたい過去とまでは言わないが、決して楽しい思い出ではない。滝沢に知られていたとは思わなかったので驚愕《きょうがく》する。いや、冷静に振り返ってみれば、周囲に発覚しないほうがおかしかった。付き合って間もない頃、日比野のはしゃぎっぷりは半端ではなく、氷川は幾度となく冷や汗をかいた。

「…………」

「俺、悔しかったぜ。日比野は俺の気持ちを知っていたから、先手を打ったんだ。男同士だって悩んでいた俺が馬鹿だった」

滝沢には恋慕より後悔のほうが大きいように感じる。

「…………」

「もう悩まない。悩んでいても横からさらわれるだけだからな。今回のオフクロの入院が天のお導きかも……」

男同士ということによほど悩んだのか、滝沢は非科学的なことまで口にした。まかり間違っても、母親の入院は天の采配《さいはい》ではない。

「すまない、君の気持ちに応えることはできない。手を離してくれ」

氷川は滝沢の真《ま》っ直《す》ぐな視線から逃げるように顔を背けた。

「いきなりだから仕方がないだろう。けど、待つよ」

滝沢がこんなにしつこい性格だとは知らなかった。氷川の記憶にある滝沢はあくまで爽やかで明るかったのだ。彼が言う通り、社会に出て変わってしまったのかもしれない。

「待っても無駄だ」

氷川には清和しか考えられない。どんな魅力的な相手から情熱的な告白を受けても、心が揺れることはないだろう。

「俺とお前、きっと上手《うま》くやっていける。俺はお前を幸せにできるよ」

これ以上、滝沢に付き合っても時間の無駄だ。氷川は身体を捻《ひね》って、滝沢から逃れようとした。

「僕、勤務中だから……」

「お前を口説くために通うから覚悟しておいてくれ。こんなに惚れさせたお前が悪いんだぜ」

腰を凄まじい力で抱き寄せられたかと思うと、滝沢の顔が近づいてきた。あっという間に滝沢の唇が氷川の薄い唇に重なる。氷川が空いていた手で滝沢の頬を張り飛ばすと、彼の唇は離れていった。

「滝沢っ」

氷川が真っ赤な顔で怒鳴ると、滝沢は楽しそうに声を立てて笑った。悪びれた様子はまったくない。

「可愛いな。だから、諦められないんだよ」

「き、君……」

氷川がわなわなと怒りで震えた時、クマのぬいぐるみを抱えた女の子とカーディガンを羽織った母親が歩いてきた。氷川が担当している患者とその娘だ。

「滝沢、離せ、僕の患者だ」

氷川が低く凄むと、滝沢は腕を離す。

クマのぬいぐるみを抱えた幼い女の子は、氷川の顔を見ると瞳《ひとみ》を輝かせた。

「氷川先生、こんにちは」

「明日香《あすか》ちゃん、こんにちは、ママのお見舞いに来たんだね。いい子だね」

氷川は滝沢から逃げるように無邪気な女の子のそばに近寄った。そのまま、女の子と手を繋《つな》いで病棟に戻る。

滝沢がどのような顔をしていたか、氷川は知りたくもなかった。

3

その日は予定通り、仕事を早めに切り上げた。それでも、氷川《ひかわ》が病院を後にしたのは夜の七時だ。

ロッカールームでショウにメールを送ると、待ち合わせの場所にはすでに黒塗りのベンツが停まっていた。

「お疲れ様です」

後部座席のドアを開けてくれたショウの表情がいつもと違って硬いが、氷川はさして気にも留めなかった。

ショウは運転席に座ると、一声かけてから車を発進させる。大豪邸がゆったりとした間隔で建ち並ぶ夜の丘を降りていった。

「もう、気の毒で見ていられない。奥さんや社員さんが病室に来て泣くんだ。会社にヤクザが団体で乗り込んできて大変だったらしい。事故っていっても、そんなたいそうな事故じゃないんだよ」

氷川は暴力団の車に追突した患者の山形《やまがた》のことを話題にした。山形が経営している会社には激震が走り、先行きを不安がって退職届を出す社員も現れたそうだ。

「そうっスか」

ショウのあまりの素っ気なさに、氷川は瞳《ひとみ》を曇らせた。同業者としていろいろと思うところはあるだろうし、聞きたくない話題かもしれないが、氷川にしてみれば患者や家族の嘆きを目の当《まあ》たりにしているので面白くない。第一、眞鍋《まなべ》組は一般人には迷惑をかけないという不文律があるはずだ。清和《せいわ》は仁義を重んじる橘高《きったか》の教えを頑《かたく》なに守っている。ショウにしろ、一般人に対する態度は橘高に叩《たた》き込《こ》まれているはずだ。

「ヤクザって少しでも謝ったら終わり？　治療費だの慰謝料だの後遺症でまた治療費だのなんだの……次から次へとひどくない？　それも途方もない金額なんだよ？　僕の大事な患者さん、よくなるどころか悪くなるばかりだ」

氷川がどんなに手を尽くしても、患者のストレスは如実に身体《からだ》に現れる。突発性の蕁麻疹《じんましん》を出した山形に注射を打ってから、後ろ髪を引かれる思いで今日は仕事を切り上げた。

「そうっスか～ぁ」

「ショウくん、なんか、いつもと違う？」

ショウは外見とは裏腹にとても礼儀正しく、氷川にも誠実に尽くしている。こんな態度を取られたことは今までに一度もない。

「そうっスか？」

同じ言葉を繰り返すショウに、氷川は唇を尖《とが》らせた。

「もう……」

「先生……いえ、姐《あね》さんの大事な人は組長だけでいいんですよ。大事、なんて患者につけないでください」

憮然《ぶぜん》とした様子のショウに、氷川は目を丸くした。眞鍋組では二代目姐だが、職場では人の命を預かる医者だ。氷川には自分の仕事に対する誇りがあった。

「僕は医者だから、患者さんが大事なんだ。もちろん、清和くんは命より大事、ショウくんも大事、リキくんや祐《たすく》くんも大事、僕には大事な人がたくさんいる。僕は大事な人がたくさんいて幸せだと思う。大事な人が多ければ多いほど強くなれるし、自分も大切にすることができる。大事な人が一人もいないのは寂しい……ううん、そんな生易しいものじゃないかな」

大事な者がいる幸福を、氷川は嚙《か》み締《し》めている。氷川の孤独な少年時代を支えたのは幼い清和だった。その後も孤独と隣り合わせで生きてきたが、無邪気な清和の思い出に支えられた。

一人で生きている者は強いようで弱い。何かあった時、その脆《もろ》さが露見する。そのことは実力だけでは生きていけない医者の世界でも垣間見ることができた。

「姐さんは組長だけ大事に思ってくれればいいんです」

ショウが忌々《いまいま》しそうに舌打ちしたので、氷川は口をあんぐりと開けた。間違いなく、今夜のショウはいつもの彼ではない。藤堂《とうどう》組とのことで神経を尖らせているわけではないようなので、氷川はショウの機嫌が悪い原因を探った。

「ショウくん、何があったの？　また女の子に逃げられた？」

「ぐふっ……いえ、違います」

ショウはなんとも形容《けいよう》し難《がた》い呻《うめ》き声《ごえ》を漏らして、十字路でハンドルを左に切った。

「……あ、そうか、女の子に逃げられたばかりだよね。じゃあ、京介《きょうすけ》くんに怒られたの？　また何か食べてしまったとか？」

現在、ショウは昔馴染《むかしなじ》みの京介のマンションで暮らしている。養ってくれる女性がいない今、ショウにとって京介は命綱だ。その大切な京介を怒らせるようなことを、ショウは何度も平気でした。

「な、何をっ……っと、あのっスね。全然、違います」

ショウは氷川に対して怒鳴りかけたが、我に返ったようで怒鳴らなかった。進行方向に視線を注いでいるショウの表情は不明だが、頭と肩が派手に揺れている。

「じゃあ、何？　女の子に逃げられたか、京介くんに怒られたか、ショウくんの場合はそれ以外に何があるの？」

氷川の言葉がショウの怒りに火を注いだことは間違いない。しかし、ショウは眞鍋組屈指の運転技術によって車を走らせ、事故も起こさずに眞鍋第三ビルに到着した。

平時ならば駐車場にいない制服姿の警備員が三人も立っている。もっとも、警備員といっても眞鍋組の若い構成員だ。

「お疲れ様です」

若い警備員たちは氷川の姿を見ると、いっせいに頭を下げた。心なしか、ピリピリとしたムードが漂っている。

氷川は鞄《かばん》を手にしたショウとともに、清和と暮らしている十七階に上がった。エレベーターの内部に監視カメラが設置されていることは聞いているが、どこにあるのかわからない。おそらく、尋ねても教えてくれないだろう。

「姐さん、組長がお待ちかねです」

玄関のドアの前に清和の右腕ともいうべきリキが立っていたので、氷川はひたすら驚《きょう》愕《がく》した。今までこんなことは一度もない。藤堂組との間で何か起こったのか、と氷川にいやな予感が走った。

「リキくん、どうしたの？　何かあったの？」

氷川が真っ青な顔で尋ねたが、リキは人としての血が流れていないようなポーカーフェイスだ。

「組長がお待ちです」

リキは玄関のドアを開けて、氷川に中に入るように促す。彼は氷川と無用な会話をするつもりがないようだ。

「……うん、お疲れ様」

険しい顔つきのショウとリキに別れの挨拶《あいさつ》をしてから、氷川は部屋に入る。たたきには清和の黒い革靴が置かれていて、玄関からリビングルームにかけて明かりがついていた。

「清和くん、ただいま、早かったんだね？」

ソファに腰を下ろしている清和は黒いスーツを着込んだままで、部屋着に着替えていない。

氷川が清和の頬《ほお》にただいまのキスをすると、凄《すさ》まじい力で抱き寄せられた。華奢《きゃしゃ》な氷川の身体は大柄な清和の腕の中にすっぽりと収まる。

「清和くん、どうしたの？」

冷たい雪を連想させる清和の目に陰惨な陰があるし、身に纏《まと》っている雰囲気もいつものものではない。氷川は驚いて、清和のシャープな頬に手で触れた。

「………」

「どうしたの？」

今の清和は氷川の知っている可愛《かわい》くてたまらない年下の男ではない。尋常ならざる迫力が漂っていて、まさに邪魔者は消すという非情な昇《のぼ》り龍《りゅう》そのものだ。

「…………」

「清和くん、どうしてそんなに怖い目で僕を見るの？」

氷川は怪訝《けげん》な目で清和を見つめた。

「…………」

氷川は立てた人差し指で、清和の唇を軽く叩いた。

「清和くん？」

清和は無言で顎《あご》をしゃくって、テーブルに積まれている資料を指した。氷川の記憶にある限り、清和にこんな横柄な態度を取られたことは一度もない。戸惑ったがそれについては何も言わず、テーブルにある資料を手にした。

「……え？　滝沢《たきざわ》？　どうしてここにこんなのがあるの？」

滝沢の家族構成から生い立ち、職場での評判まで細かく記されているようだ。氷川は資料を持ったまま唖然《あぜん》としてしまった。

「…………」

滝沢の名を氷川が口にした瞬間、清和の鋭い目がさらに鋭くなった。

「滝沢は僕の高校時代の友人だ」

氷川は簡潔に滝沢との関係を口にしたが、清和の刺々《とげとげ》しい雰囲気は一向に和らぐ気配がない。

「……………」

清和が冷たい双眸《そうぼう》だけで先を促しているので、氷川は滝沢について続けた。

「一昨日《おととい》、滝沢から久しぶりに電話があって、お母さんが……って、もしかして、やっぱり滝沢は藤堂組にお金で買われたの？」

清和の険しい顔つきを見て、氷川は藤堂の策略に思い当たった。

しかし、清和は肯定も否定もしない。無言で流す。

「清和くん？　滝沢は本当に優しくていい男だったんだ。でも、人は変わってしまう。滝沢はお金に困っているのか？　それで僕に近づいたの？」

氷川が黒目がちな目を揺らしながら尋ねると、清和はサメの見解が赤字で記された資料を手にした。

氷川も自分の目でサメの調査結果を確かめる。

サメの見解を見る限り、今のところ藤堂と繋《つな》がっている気配はないようだ。

「滝沢、藤堂組とはなんの関係もないんだね」

眞鍋組、すなわち清和をトップとした新しい眞鍋組の急成長の陰には、サメが率いる諜報部隊《ちょうほうぶたい》の暗躍がある。サメの諜報活動の見事さには、誰もが舌を巻く。現在、サメから報告された結果を疑う者は誰もいない。そのサメが滝沢と藤堂の関係を否定したのだから間違いはないだろう。

「…………」

「清和くん、それで？　それでどうしたの？　滝沢と藤堂は無関係なんでしょう？」

氷川は瞬《まばた》きを繰り返してから、清和の唇に軽いキスを落とした。

「…………」

氷川は無表情な清和の感情を、なんとなくだが読み取ることができる。嘘《うそ》も見破る自信があった。今、清和の機嫌がすこぶる悪いことはわかるが、その理由がわからない。普段ならばキス一つで身に纏っている空気も和らぐというのに、相変わらずピリピリしている。愛しい清和から感じる冷たさに氷川はとうとう音を上げた。

「清和くん、黙っていちゃわからないでしょう？　どうしてそんなに怖い目で僕を見るの？」

ようやく、清和の重たい口が開いた。

「女に浮気されたら男としてのメンツに関《かか》わるばかりか、組のメンツに関わる」

清和の背後に青白い炎が燃え上がったので、氷川は驚愕で身体を竦《すく》ませた。だが、愛《いと》しい男から逃げることはしない。

「女って僕のことだよね」

女のように抱かれていることは確かであるし、望んでもいるが、今の清和から頭ごなしに言われると面白くない。

「ほかに誰がいる」

「僕が浮気するわけないでしょう？　清和くんじゃあるまいし……」

無用の言葉をつけてしまったのは、尊大な清和の態度に対する思いかもしれない。氷川が目を吊《つ》り上《あ》げると、清和は腹から搾りだしたような声で答えた。

「浮気はしない。何度言わせるんだ」

「僕だって浮気なんてしない。どんなに腹が立ってもできないよ」

鋭利なナイフの如く鋭く尖っている清和の腕の中で、氷川は右の拳《こぶし》を固く握って力んだ。

「…………」

清和の目は氷川の非力さを雄弁に物語っていた。氷川にその気がなくても、腕力と体格の勝る男に力ずくで迫られたら、どうなるかわからない。

「……もしかして、滝沢のことで怒っているの？」

清和だけでなく帰宅時のショウの機嫌の悪さにも思い当たり、氷川は院内でのことを反《はん》芻《すう》した。院内に潜り込んだ清和の関係者が、滝沢に告白されている場面を見たとしても不思議ではない。あの光景を目にしたら、間違いなく清和に報告が届く。

そもそも送迎係のショウの仕事は、氷川のボディガードではなく浮気の見張りだ。氷川の浮気には眞鍋組の誰もが目を光らせている。

「…………」

清和の反応から、氷川は自分の予想が当たっていたことを確信した。

「そうなの？　なんて馬鹿……」

氷川の口から無意識のうちにぽろっと出た言葉に、清和の怒りがさらに大きくなったようだ。怒鳴りたいのを懸命に堪えているらしい。

「…………」

「滝沢はただの友人だ。それ以上でもなければそれ以下でもない」

氷川はきっぱりと言い切ったが、清和の顔つきは険しいままだ。無表情な男なのにここまで感情が顔に出ることも珍しい。よほど腹に据えかねているのだろう。

「滝沢、始末する」

清和の背後には天に昇る赤い龍が見える。一瞬、あまりの迫力に氷川は硬直したが、我に返ると掠れた声で言った。

「なぜ？　そんなことをする必要はない」

氷川は清和の広い胸を軽く叩いたが、彼は微動だにしない。

「俺の女に手を出したからだ」

滝沢に唇を奪われたことを差しているのか、氷川は真っ青な顔で首を振った。

「手なんて出されていない」

「滝沢を庇《かば》うのか？」

陰惨な目の清和から殺意を感じて、氷川の背筋が凍りつく。いったい何がこれほどまでに清和を駆り立てているのか、氷川は理解できなかった。歯向かう者には容赦がないと言われているが、そんなに好戦的ではないはずだ。

「滝沢を庇うつもりはない。今日、病院で滝沢に告白されたのは事実だ。ただ、それだけだ。二度目はない。滝沢と会うこともないから」

氷川は清和の首に腕を絡ませて、彼の唇に優しいキスを落とした。だが、清和から殺気は消えない。

「…………」

氷川は泣きたくなったが、清和の鼻先や顎にも宥《なだ》めるようにキスを落とした。それでも、清和はいつもの彼に戻らない。

「僕が清和くん以外に夢中になることなんてない。そんなこと、わかっているだろう？」

氷川は清和の胸にぎゅっとしがみついた。温かさは清和のものだが、優しさが感じられない。

「…………」

「清和くん、ごめん、滝沢の気持ちに全然気づかなかったんだ。驚いた……って、でもさ、そんなに怒るなんていったい誰からどんな報告を受けたの？」

清和はただ妬《や》いているというわけではない。独占欲が強いというわけでもない。言葉では上手《うま》く言い表せないが、清和から凄まじい葛藤《かっとう》を感じる。

「…………」

射るような清和の視線を唇に感じて、氷川は思い切り焦った。清和は滝沢に唇を奪われたことも知っているようだ。それでも、ストレートに謝罪することができなかった。清和の女関係への鬱憤《うっぷん》が今までに積もり積もっているからだろう。

「今でも付き合いとかで若くて綺麗《きれい》な女の子を侍《はべ》らせているのは誰？　清和くんなら可愛い女の子からキスどころか特別サービスもしてもらっているでしょう？　僕も女の子を始末していい？　僕、医者だからね。しようと思えば人を殺すことぐらい簡単にできるんだよ」

清和にしなだれかかる夜の蝶《ちょう》を脳裏に浮かべるだけで、氷川は嫉妬《しっと》で狂いそうになる。けれども、清和の女性たちに劇薬を盛ったことはない。

「滝沢は商売女じゃない、それとこれとは話がべつだ。あの歳《とし》になって俺の女に告白したんだ。本気なんだろう。奪いに来る」

先ほどまで固く口を噤《つぐ》んでいた男とは思えないほど、堰《せき》を切ったように言った。

「滝沢は学生時代のノスタルジーに浸っているんじゃないかな。清和くんが気にするような男じゃないよ」

今は熱くなっていても、暫《しばら》くすれば世間体や倫理観で冷めるはずだ。氷川は一般社会で生きる滝沢を冷静に見ていた。

「滝沢、今までに三度も婚約を破棄している。理由は滝沢の実らなかった十七の時の恋らしい。その相手が誰か、わからないとは言わせない」

滝沢の実らなかった恋の相手は言うまでもなく氷川だ。当然、氷川は滝沢が三度も婚約を破棄していることを知らなかった。だが、どうしても女性に興味が持てなかった男として、婚約の過去がある滝沢に安堵《あんど》を抱く。

「女性と付き合えるならば女性と結婚するよ。滝沢は女性と結婚して夫になって父親になると思う。今はちょっと熱くなっているだけだ」

「十年以上、忘れられない相手はそんなに簡単に諦《あきら》められるものじゃない」

清和は己のこともふまえて語っているようだ。離れていた間、氷川のことを片時も忘れなかったという。氷川にとって清和が心のよりどころであったように、清和にとっても氷川は特別な存在であった。もっとも、お互いがお互いに抱いていた想《おも》いは違っていたけれども。

「そんなことは絶対にないから。とりあえず、滝沢にひどいことはしないで」

氷川の言動が気に入らないらしく、清和は端正な顔立ちを派手に歪《ゆが》める。触れ合っている場所から、清和の怒りが氷川にも伝わった。

「俺以外の男に触れられたら怒れ。始末しろ、と俺に言え」

清和から組長の仮面が外れたというわけでもないだろう。修羅《しゅら》で生きる男の苛烈《かれつ》さと冷酷さが現れた気配がある。日頃、氷川の前では抑えている感情だ。

「な、何を言っているの……珍しくよく喋ってくれると思ったらそんなことを……」

滝沢を始末しろ、なんてことは口が裂けても言えない。たとえ、愛しい清和が望んでもだ。

「それが俺の女だ」

清和が凄惨《せいさん》な目で堂々と言い放ったので、氷川は口を大きく開けたまま固まってしまった。

いつもは可愛くて頰ずりしたい清和が知らない男に見える。もしかしたら、こちらが本当の清和なのだろうか。

ゆうに三分間は無言で見つめ合っていた。

沈黙を破ったのは、寡黙《かもく》な清和だった。

「滝沢のことは忘れろ、いいな」

有無を言わさぬ迫力を漲らせている清和の言葉の裏には、滝沢への報復も含まれていた。

「お願いだからやめて」

極道の報復がどのようなものか、清和がどこまでやるのか、氷川は見当がつかないが、下手《へた》をすると闇《やみ》から闇に葬られることになりかねない。

「どうして庇う？」

氷川は人として懇願したが、清和には届いていない。

「滝沢が普通の男だからだよ。何も知らないんだ」

氷川の恋人が暴力団の組長だと知っていたならば、滝沢は決して想いを告げることはなかっただろう。それどころか、母親の容態が急に悪くなっても、氷川に助けを求めなかったはずだ。

「普通の男か」

「うん、普通の男だ。ヤクザがいたら泣いて逃げる普通の男だよ」

「ヤクザがそんなにいやか？　普通の男のほうがいいのか？」

氷川に対する独占欲でもなければ嫉妬でもない、ほかの何かの感情によって清和は荒れているようだ。

「いったい何を言っているの？　僕には清和くんだけだよ。もうっ、そんな冷たい目で恐ろしいことを言う暇があるなら僕を抱いてっ」

思い余った氷川は大声で叫ぶと、スーツの上着を脱ぎ捨てた。ネクタイを外して、床に落としたスーツのうえに投げる。

「身体で誤魔化す気か？」

未《いま》だかつて清和がこのような意味合いの言葉を口にしたことはない。

若い清和が氷川の艶《なまめ》かしい裸体に弱いのは確かだ。それは清和のみならず氷川もちゃんと知っている。身体で夜叉《やしゃ》と化している清和を宥められるものならば、いくらでも差しだす。

「僕が抱いてほしいの」

氷川が白いシャツのボタンを外すと、薄い胸が現れた。清和がつけたキスマークが花弁のように散らばっている。

「……………」

「滝沢のことで怒っている暇があるなら抱いていてほしい。藤堂組と戦争をするぐらいならば抱いていてほしい。そんなこともわからないの？」

氷川はベルトを緩めると、ファスナーを下ろした。ソファの上、それも清和の腕の中にいるのでズボンが脱ぎにくい。膝《ひざ》で引っかかったものの、ズボンを引き抜いた。

清和は無言で氷川を見つめている。

氷川は気恥ずかしさを感じながら、腰を浮かして下着を脱いだ。内股《うちまた》には清和がつけた紅い跡が密集している。

靴下だけ身につけているのがやけに卑猥《ひわい》だ。氷川はもぞもぞと動くと、靴下を脱いでズ

ボンのそばに置いた。

氷川の身体を覆うものは何もなく、明るいライトの下、清和の視線に晒《さら》されている。若い男は懸命に自制しているのか、氷川のなめらかな肌に惑う気配はない。それでも、時間の問題だ。

氷川は清和の首に腕を回しながら甘く囁《ささや》いた。

「清和くん、何をしているの？」

「………」

「二人きりの時は僕のことを考えていて」

「………」

氷川は清和のベルトを外し、ズボンの前を開いた。清和の分身はすでに雄々しく昂《たかぶ》っている。どんなに抗《あらが》っても、若い男の本能は正直だ。

「清和くん、早くおいで」

氷川は清和の耳朶《じだ》を甘く噛んでから、彼の唇に軽いキスを落とした。それから、清和の顔を己の胸に抱き寄せる。胸の突起に清和の目が当たった感触がした。

「………」

清和は氷川の誘惑に乗らず、じっとしたままだ。

「清和くん、どうして？」

「手加減できない」

夜叉を背後に従わせていても、氷川の身体に対する気遣いは忘れていないようだ。氷川はいつもの可愛い男の印を感じると、白い頬を紅潮させた。

「いいよ」

氷川が上ずった声で答えると、獰猛《どうもう》なオスのフェロモンを発した清和が顔を上げる。彼の熱さを感じると、雪のように真っ白な氷川の肌もうっすらと上気した。

「…………」

「いいから、おいで」

氷川の言葉が合図になったようだ。切れ長の目を細めた清和に抱き上げられたかと思うと、床に落としたシャツの上に乗せられた。すぐに清和の筋肉質の身体が覆い被さってくる。清和に鎖骨を舐《な》め上《あ》げられ、胸の突起をきつくつままれた。氷川の全身に甘い痺《しび》れが走る。

「許さねぇ」

独り言のようにポツリと呟《つぶや》いた言葉が、誰に対してのものなのか、氷川には聞かなくてもわかっていた。だからこそ、恐怖ですくみ上がる。

「もう……」

潤んだ氷川の瞳《ひとみ》から大粒の涙がポロリと零《こぼ》れた。

「絶対に渡さない」

「僕だってそうだよ」

「…………」

ぴったりと閉じていた足が大きく開かされて、氷川は首まで真っ赤にした。

「駄目っ……」

「…………」

清和は冷酷な目で軽く笑った。

手加減できないと予《あらかじ》め断った清和を煽《あお》ったのは、ほかでもない氷川である。

「う……」

氷川は目を閉じると、身体から力を抜いた。際《きわ》どい局部に清和の視線を感じて、羞恥心《しゅうちしん》でいっぱいになる。凝視されているところが火傷《やけど》したかのように熱くて痛い。もちろん、清和が唇で辿《たど》ったところも、手で撫《な》で回《まわ》したところも熱い。頭の芯《しん》がぼうっとして、氷川の呼吸も乱れる。

「清和くん、何をするのーっ」

際どいところに清和の唇を感じて、氷川は悲鳴を上げた。

「…………」

顔を上げた清和は目で非難している。

「ちょ、ちょっと、いくらなんでもそれは駄目っ」

その夜の清和の激しさと熱さは比類なく、とうとう氷川は行為の最中に気を失ってしまった。

4

目覚めると、氷川《ひかわ》は見知らぬ部屋のベッドに寝ていた。天井のライトは消されているが、常夜灯が点灯しているのでうっすらと内部の様子がわかる。氷川はベッドのそばに置かれていたライトを点《つ》けた。

「ここはいったいどこ?」

氷川は目を擦《こす》りながら、セミダブルのベッドから下りた。フローリングの床をゆっくり歩き、スイッチを押して天井のライトを点ける。

真っ先に、目に飛び込んできたのは白い壁だ。

広々とした部屋の中央にテーブルとソファが置かれていて、銀のワゴンには茶の用意がされている。蔵書が詰まった本棚に雑誌が差し込まれたマガジンラック、小さな冷蔵庫にミニバー、どこかのホテルの一室のような雰囲気が漂っていた。先ほどまで寝ていたベッドの奥にはトイレと風呂場《ふろば》と洗面所がある。石鹸《せっけん》にしろ、歯ブラシにしろ、歯磨き粉にしろ、すべて新しい。

「……え?」

氷川は夢の中にいるような気分で辺りを見回した。パジャマは自分がいつも身につけているものだし、肌には清和《せいわ》がつけたキスマークが残っている。しかし、それら以外、何も覚えがない。

「出口はここだな」

ドアには鍵《かぎ》がかかっていて、開けることができなかった。ブラインドの外の夜景は見慣れた眞鍋《まなべ》組のシマだ。この場所が眞鍋第三ビルの中であることは想像がつく。

どれくらい意識を失っていたのか、時計を探したがどこにも見当たらない。電話やFAX、といったものもなかった。

DVDが何枚もあり、大きな画面で見ることができる。だが、普通のテレビ番組を見ることはできない。

この空間だけ、外の世界と遮断されているようだ。

白い壁にかけられた世界的に有名な画家の複製画の一点が光ったような気がした。手でも確認して、隠しカメラが設置されていることを知る。

いやな予感が走って、氷川はカメラのレンズに向かって凄《すご》んだ。

「まさか、僕は監禁されたのか？」

当然、氷川の言葉に対する返事はない。

いつもと様子の違う清和が即座に脳裏に浮かんだ。さしあたって、清和の意思であることには間違いない。

「清和くん、どういうこと？　説明して」

　虚しいぐらい静まり返っていても、氷川は怒鳴り続けた。

「清和くんでしょう？　僕をどうする気？　今すぐここから出して」

　どんなに訴えても無駄だと悟り、氷川は次の手段に出た。口で駄目ならば実力行使に出るしかない。

　セミダブルのベッドにアルコール度数の高いウオッカを染《し》み込《こ》ませる。フローリングの床にもソファにも、ウィスキーやブランデーを垂らす。瞬《また》く間《ま》にアルコールの匂《にお》いが部屋中に充満した。それから、洗面所に置かれていたドライヤーを手にする。

　ライターやマッチといったものは見当たらなかったが、火をおこすならばドライヤーで充分だ。

「ドライヤーって便利なんだよ。一台あればライターなんかいらないしね」

　氷川はカメラに向かって聖母マリアのように微笑《ほほえ》むと、ドライヤーで火を起こした。瞬時に、白いシーツがメラメラと燃え上がる。すぐに白い煙が立ち込めた。

　氷川は濡《ぬ》れたタオルで口と鼻を塞《ふさ》ぎつつ、清和が現れるのを待つ。

　火災警報装置が作動するや否《いな》や重厚なドアが開いて、黒いスーツに身を包んだ清和が飛び込んできた。手には毛布を待っている。

「先生っ」

氷川は険しい顔つきの清和に抱き上げられて、火災警報装置が作動している部屋から出た。

清和だけでなく、ショウやサメの表情も厳しい。リキも視線で氷川を責める。だが、氷川は誰よりも目が据わっていた。

「清和くん、どういうこと？」

清和は無言で氷川を抱いたまま、わらわらと舎弟たちが集まってきた廊下を進む。未《いま》だ火災警報ベルは鳴り響いたままだ。清和の舎弟の信司《しんじ》は甲高い悲鳴を上げて、古参の幹部に怒られていた。

「清和くん、僕を監禁しようとしたの？」

「…………」

「清和くん、答えなさい」

氷川が削げた清和の頰《ほお》を軽く叩《たた》くと、すべてを聞いていたショウが口を挟んだ。

「先生……いや、姐《あね》さんと呼ばせていただきますね。姐さんが悪いんですよ」

憮然《ぶぜん》とした面持ちのショウに、氷川は心外だとばかりに目を吊《つ》り上《あ》げた。

「どうして？」

「姐さんの周りをあの滝沢《たきざわ》ってヤツが嗅《か》ぎ回《まわ》っています」

滝沢の名を口にしたショウには殺気が漲《みなぎ》っている。口を閉じている清和にしてもそうだ。

「……滝沢が？」

「よりによってこんな時に……」

ショウが忌々《いまいま》しそうに舌打ちした理由は、氷川にもわかっている。

「その……」

「藤堂《とうどう》に滝沢の存在がバレたらどうなると思いますか？」

滝沢の存在を知った藤堂がどのような行動に出るか、想像するのは容易《たやす》い。しかし、氷川は滝沢という男を知っていた。いや、一般社会で生きる男というものをよく知っていた。

「滝沢は分別がある常識人だから、ヤクザとは関わらない。第一、僕の恋人がヤクザだって知ったら逃げるよ」

藤堂が己の素性を偽って滝沢に近づくという推理は立てなかった。どちらにせよ、滝沢に神経を尖《とが》らせることはない。

「姐さん、男っていうもんを知らなすぎる。男はアレが暴れたら自分でもどうしようもないんスよ」

ショウは隣に立っているサメの股間《こかん》を人差し指で差して言い放つ。

股間を差されたサメも神妙な顔つきで同意すると、男についての一考を口にした。

「姐さんにはご理解いただけないかもしれませんが、男っていうのは病気を持っているようなもんです」

言い終えると、サメは清和の股間を指で差す。

清和がサメの意見を肯定していることは、口を噤《つぐ》んでいても伝わってくる。

氷川にはいろいろと言いたいことがあるが、何から言えばいいのかわからない。真っ先に浮かんだことを口にした。

「男って……僕も男なんだけど？」

「それはおいといて」

ショウは派手なジェスチャーをしてから、男についての一説を続けた。

「姐さん、男を甘く見ないでください。男には自分ではどうすることもできないのがついているんです。時に自分の意思を裏切って勃《た》つんです。完勃ちしたらもう出すしかねぇ。それと一緒です」

ショウは真剣な顔で力説したが、氷川は今一つわからない。男の性衝動がどういうものか知っているが、どうしてここで喩《たと》えられるのか理解できないのだ。

「ショウくん、あのさ……」

氷川の惚《ほう》けた表情を見て、ショウは憎々しげに吐き捨てた。

「滝沢、完勃ち状態っス。もう誰にも止められない」

「………」

「姐さん、爆発した滝沢にヤられますよ。ヤられてからじゃ遅いんです。ヤられる前に手を打ちます」

女房を寝取られた男、なんていう不名誉な名称を清和につけたくないとのことだ。眞鍋組の士気にも関《かか》わる。

「そんなこと……」

氷川は否定しようとしたが、真っ赤な炎を背後に燃え上がらせたショウに阻まれた。

「姐さん、自分がそうだからって他人までそうだと思わないでください。ヤりてぇと思ったら、どんな手を使ってもヤる奴はいるんです」

「………」

「女を見たら前からハメるか、後ろからハメるか、斜《なな》めからハメるか、それしか考えません。だいたいの男はそうっス。正直に言うと、俺がそうっス。女を見たら、まず、頭の中で脱がします」

ショウは胸を張って堂々と宣言したが、氷川は口をポカンと開けたままだ。清和やサメ、女の影がまったくないリキですら賛同しているらしく、誰一人としてショウに非難の目は向けない。

「それでなくても藤堂組とのことがあるんです。ちょっとしたことから大きなことになるんです。それこそ、死人の山を築く大戦争に発展するんです。俺、姐さんがヤられたら腹にダイナマイトを巻いて飛び込みますからね。……頼みますから、ちょっとの間、おとなしくしてください」

ショウがきっぱりと言い切ると、隣で聞いていたサメも大きく頷《うなず》いた。リキは携帯に応対しながら、こちらを窺《うかが》っている。

終始無言の清和は殺風景な部屋に入り、氷川をパイプベッドにそっと下ろす。窓がないし、天井や壁には堂々と監視カメラが設置されている。どうやら、ここが新たな監禁部屋らしい。

「組長、この部屋じゃ、いくらなんでも姐さんが可哀相《かわいそう》じゃないですか？」

ショウは先ほどまで氷川に説教を食らわしていたが、清和に環境の改善を求めた。ざっと見回しても、十畳の部屋にはパイプベッドしか置かれていない。氷川が火を起こした部屋とは雲泥《うんでい》の差だ。

ショウの進言を無言で退けた清和の代わりに、口元を軽く歪《ゆが》めたサメが答えた。

「姐さん、何するかわからない」

サメの一言で、氷川をよく知るショウは納得した。そして、リキやサメとともに殺風景な部屋から出ていく。

何もない簡素な部屋だが防音は効《き》いているらしく、ドアの向こう側の喧騒《けんそう》は聞こえない。

「清和くん、僕を閉じ込めるの？」

氷川がどこか病室のような雰囲気のする部屋を見回しながら言うと、清和は低い声で答えた。

「カタがついたら出してやる」

氷川はベッドから立ち上がると、清和に向かって柳眉《りゅうび》を吊り上げた。

「カタがついたらって……」

言葉を遮るように、清和の唇が氷川の口を塞いだ。息苦しいぐらい甘くて熱い大人のディープキスだ。

口腔内《こうこうない》に忍び込んできた清和の舌に氷川は翻弄《ほんろう》される。目元がほんのりと染まり、頭の芯《しん》もぼうっと痺《しび》れた。氷川は縋《すが》るように清和の逞《たくま》しい背中に腕を回す。

「……ふっ」

角度が変わって、さらに深く重なり合う。蜜《みつ》をきつく吸い上げられて、氷川の目は潤んだ。

清和の腕は氷川の細い腰に回っていた。その支えがなければ、氷川は崩れ落ちていただろう。

キスをしたまま、氷川は抱き上げられて白いシーツの波間に沈められる。氷川は人形のようにされるがままだ。

清和の唇と同時に腕も離れる。

その瞬間、我に返った氷川は清和の逞しい身体《からだ》にぎゅっとしがみついた。

「……っ」

清和は氷川を蕩《とろ》けさせた隙《すき》に部屋から出るつもりだったらしい。一筋縄ではいかない氷川に困惑していた。

「清和くん？」

「…………」

清和は白い腕から逃げようとするが、氷川は渾身《こんしん》の力を振り絞った。どちらにせよ、清和は氷川に手荒なことができない。この勝負、当の本人たちも勝敗はわかっていた。

「清和くん？」

再度名前を呼ぶとドアが開いて、氷川のスーツを手にしたリキが入ってきた。監視カメラで内部を窺っていたのだろう。

「姐さん、組長を離してくださらないのならば、二代目姐としての務めを果たしてください」

リキの言う二代目姐の仕事が、氷川には見当もつかない。組には関わるな、が耳に胼胝《たこ》ができるほど聞かされた注意だからだ。

「僕はどうすればいいの？」

氷川は清和にしがみついたまま尋ねた。

「これから組長は大事な方とお会いになります。姐さんに会いたがっている方なのでちょうどいいのかもしれません。失礼のないように……いえ、いつもの姐さんで構いません。自然体で接してください。そのほうがお喜びになるかと思います」

そこまで言うと、リキは監視カメラに向かって手を振った。

「切れ」

リキが氷川に地味な色のスーツを差しだして着替えるように促す。

氷川が清和から離れてスーツを手にすると、リキはクルリと背中を向けた。リキだけでなく清和の舎弟たちは、二代目姐である氷川の着替えは見ない。氷川にしてみればいたたまれないというか、いたって気恥ずかしくなった。

白いシャツのボタンを留めていると、清和がロレックスの腕時計で時間を確かめている。

「先生、眠くないのか？　身体は痛まないのか？」

激しい情交の後なので身体に倦怠感《けんたいかん》はあるものの、不思議なくらい眠くはない。

「うん」

「明日、仕事は？」

氷川はネクタイを締めると、清和の身体に腕を回した。

「何も連絡がなければいいな」

明日の土曜日、日曜日は珍しくなんの予定もない休日だ。もっとも、何かあればすぐに病院に飛んでいかなければならない。患者の容態が急変しないことを願うばかりだ。


眞鍋第三ビルを後にして、眞鍋組のシマを進む。深夜の二時を過ぎているが、不夜城の人通りは変わらない。ただ、行き交う人々のタイプは深夜の十二時前後とはまるで違った。日中とは天と地ほど違う。

清和と氷川を守るように一行は進む。先頭は切り込み隊長のショウで、清和と氷川の背後にはリキが目を光らせている。サメは陰から守っていた。

目的地までは清和の舎弟たちが一定間隔を空けて並んでいる。閉店したキャバクラの前に立っている若い青年は、氷川も知っている吾郎《ごろう》だ。

呼び込みをしていた若い男は、二代目組長及び一行を目にすると一礼した。見るからに水商売という女性の団体もいっせいに頭を下げる。この界隈《かいわい》で清和の権力は絶大だ。

「清和くん、あの女の子の服装……」

奇抜なファッションというよりあられもない姿で闊歩《かっぽ》している若い女性を見て、氷川は目を丸くした。

「そうだな」

氷川の視線の先にいる若い女性に目を留めるが、清和は驚いたりはしない。

「あの女の子、よく見ると若そうだよ。もしかしたら、高校生じゃないかな？　こんなところで何をしているんだろう。危ないよ」

「先生、そんなことは気にしなくてもいい」

ゲームセンターの前に佇《たたず》んでいた若い女性を、人相の悪い男たちが囲むように並んでいる。

「あの女の子たち、危ないかも。怖そうな人に囲まれてる」

氷川は若い女性たちの身を案じて、清和の腕をぐいぐいと引っ張った。

「怖そうな人はうちの組員だ」

清和は淡々と答えたが、ショウは転倒しそうになった。

この付近に眞鍋組の構成員がいてもおかしくはない。いや、眞鍋組のシマにいる人相の悪い男は全員、昇《のぼ》り龍《りゅう》を頭に抱く極道たちかもしれない。

「組員さんたちは女の子たちに何をしているの？」

「ナンパだろう」

清和はなんでもないことのように言ったが、氷川の背筋に冷たいものが走った。

「女の子たち、危ないから早く帰ったほうがいい。ヤクザに関わったら何をされるかわからないのに」

恋人である極道に風俗に沈められた話は、幾度となく耳にした。極道にとって女はシノギのネタだ。今もシノギのネタを物色しているのかもしれない。氷川はまだ幼いといっても過言ではない若い女性を純粋に案じた。

「…………」

ネオンに照らされた清和の表情を見て、氷川は自分の愛しい男の職業を思いだした。

「……うん、清和くんもヤクザだけど、僕をソープに沈めないね」

「そんなことは絶対にしない」

「清和くんのためならソープに沈んでもいいけど」

男の風俗もあると、氷川は以前聞いたことがある。

「無用だ」

聞きたくない話題なのか、清和は一言で終わらせた。

先頭を歩いていたショウは軽快な足取りで、禍々《まがまが》しいネオンが輝いているビルに入っていく。テナントはクラブにキャバクラ、ショットバーに会員制のバー、風俗店もあった。

「清和くん、こんなところで何をするの？　僕を閉じ込めてここで遊ぶつもりだった？

戦争するなら浮気してもいいって言ったけど、戦争するのに浮気もするのは許さないよ」

嫉妬《しっと》丸出しで氷川が凄むと、エレベーターのボタンを押したショウがきょとんとした顔つきでポロリと漏らした。

「どうしてそんな考えが出るんスか」

清和もショウと同じ気持ちなのか、不機嫌な顔つきで押し黙っている。リキはこちらの話題にはいっさい口を挟まない。

「だって……こんないやらしい店がいっぱいのところ」

氷川がエレベーターの横に掲げられている各階の店名のプレートを指すと、ショウは頬をポリポリと掻《か》いた。

「どれがいやらしい店なのか知りませんけど、いやらしい店は閉店してますから」

「じゃあ、どこに行くの？」

「先生……いえ、姐さんを連れていやらしい店に行くわけないでしょう。とりあえず、乗ってください」

エレベーターに乗り込むと、ショウは防犯カメラに向かってウインクを飛ばす。すると、エレベーターは地下の二階を通り過ぎたような気がした。

「あれ？　ここは地下二階まででしょう？　清和くん？」

「世間的に地下は二階までになっている。俺たちが行くところは地下三階だ」

氷川は清和の腕に摑《つか》まった体勢でエレベーターを下り、その異常さに目を丸くした。いや、異常というより、何もないのだ。目の前に広がるものは、クリーム色の壁のみであった。

「いったい……？」

公にされていない地下三階に氷川が戸惑っていると、清和は淡々とした声音で言った。

「ここで見たこと、聞いたことは、ここを出たらすぐに忘れてくれ」

「……うん」

氷川が戸惑いつつも頷くと、ショウが唐突に脈絡のないこと言った。

「タンドリー・チキンの美味《うま》い店を知りませんか？」

十秒後、クリーム色の壁が鈍い音を立てて動いたかと思うと、目の前に重厚なドアが現れた。どうやら、パスワードだったらしい。

ドアの周囲にはブラックタイの青年たちが並んでいる。一番体格のいい青年が一礼してからドアを開けた。

「いらっしゃいませ」

重厚な扉の向こう側には、氷川の予想を遥《はる》かに超える世界が広がっていた。

クリスタルのゴージャスなシャンデリアの下では葉巻を銜《くわ》えた男たちがカードを捲《めく》り、ルーレットの周囲には綺麗《きれい》に着飾った淑女や真剣な顔の紳士がいる。ビリヤードでは若い男たちが大金をかけた勝負をしていた。

いくら氷川が世間に疎くても、ここが居酒屋だとは思わないし、ゲームセンターだとも思わない。どう見てもカジノだ。

「清和くん、これはいったいどういうこと？　非合法のカジノでしょう？」

犯罪をその目で見て、氷川は清和の腕に縋《すが》りついた。

「先代の土産《みやげ》みたいなものだ。この場所を楽しみにしている客がいるから閉められない」

先代の眞鍋組組長が開いていた地下のカジノは、今まで一度も警察の摘発を受けずに逃れている。しかし、いつ警察の手が入るかわからない。眞鍋組を犯罪組織にはしないという主義の清和が、非合法なカジノを開いているほうが不思議だ。

「とっとと閉めなさい」

「言われると思った」

清和は独り言のようにポツリと漏らすと、救いを求めるように傍《かたわ》らに控えていたリキに視線を流す。そもそも、この場所に氷川を連れてこようとしたのはリキだ。

「姐さん、眞鍋にはこういう場所も必要なのです。必要な情報をここで得ることもありますから」

リキは穏やかな口調で必要性を言った。

「どこがっ……」

氷川が腹の底から力んだ時、視界にカリスマとして名を馳《は》せているホストの京介《きょうすけ》が飛び込んできた。彼の腕には手描きの京友禅《きょうゆうぜん》を着こなした女性がしなだれかかっている。艶《つや》っぽい女性が京介をどのように思っているのか、一目見ただけでわかった。

「……京介くん？」

氷川が口をあんぐりさせていると向こうも気づいたらしく、京介は挨拶《あいさつ》代わりの会釈《えしゃく》をした。

京介がエスコートしている和服姿の女性は、老舗《しにせ》呉服店の女主人でカジノの常連客だという。女主人はよく呉服店の上客も連れて来てくれるので、眞鍋にとってはいいお得意様だ。

「あいつの客、綺麗だな。あんないい女と遊んで金を貰《もら》えるなんていいな」

ショウは京介が腕に絡ませている和服姿の佳人を見て、羨《うらや》ましそうに言った。男ならば誰もがショウと同じ気持ちを抱くに違いない。

「ショウくんの性格でホストは無理だと思う」

ホストに詳しいわけではないが、ショウの性格を考慮すれば答えは明白だ。氷川がズバリと言うと、ショウは子供のように頬を膨らませた。

「俺はホストなんてやるつもりはねぇっす」

尚もショウは何か言いかけたが、マティーニとブラック・ルシアンを載せたトレーを持って歩くバニーガールに視線を止める。異国の血が半分ぐらい流れていると思われる、美女の均整の取れたスタイルはスーパーモデル級だ。

ショウの健康的な男の証明に氷川は頰を緩ませたが、清和だったならば許せないに違いない。清和の視線の先に美女がいなかったので、氷川は安堵《あんど》の息を吐いた。やはり、清和の前に魅力的な美女が現れるとハラハラする。

華やかな美女を腕に絡ませた中年の男が、悠々と進む清和に声をかけた。

「眞鍋の、とうとう藤堂をやるのか？　今夜、藤堂ンところの売人が慌てて逃げだしたっていうぜ？　薬屋は薬が売れなきゃ仕事にならねぇよな」

どこの組かわからないが、極道だと看板を掲げているような風貌の男だ。指が揃《そろ》っていないことに気づき、氷川はたじろいでしまった。

「なんのことかわかりかねます」

清和はポーカーフェイスで否定したが、氷川には真実がわかった。昨夜《ゆうべ》、祐《たすく》が口にしていた計画が実行されたのだ。今のところ成功しているらしい。

「今夜のシャブの取引をブっ潰《つぶ》したのもお前だろ。樫村《かしむら》建設の仕事に横槍《よこやり》を入れたのもお前だろう。藤堂の資金源の樫村も干して潰すのか？　もうちょっと極道らしい戦い方ができねぇのか？　橘高のオヤジは何をしているんだ？」

中年の男は古いタイプの極道なのか、清和の戦い方が気に入らないようで、やけに刺々《とげとげ》

しい。

「覚えがありませんので」

清和は顔色一つ変えずに返答したが、中年の極道は鼻で笑い飛ばした。

「おいおい、ネタは上がっているんだぜ？ 眞鍋の若いのが暴れているっていうじゃねぇか」

中年の極道が口にした眞鍋組の若い男は、雪辱に燃える祐のことだろう。おそらく、祐は不眠不休で戦っているに違いない。

「申し訳ありませんが急いでおります」

清和はそれだけ言うと、軽く頭を下げた。引《ひ》き際《ぎわ》を知っているのか、中年の極道もそれ以上は何も言わなかった。

ルーレットに興奮している人々を横目に、氷川は清和と肩を並べて通り過ぎる。ポーカーをしているテーブルや、バカラをしているテーブルがあった。ゲームには参加せず、色鮮やかなカクテルを手に美女と佇んでいる紳士もいる。日常からかけ離れた夢にも似た世界だ。

カサブランカと真紅の薔薇《ばら》の豪華なアレンジメントの隣で、豊満な身体つきの美女を口説いていた三十歳前後の紳士がリキに声をかけた。

「リキさん、藤堂さんが元金子《かねこ》組の方に狙《ねら》われているとか？」

「そのようなことをどこでお聞きになられましたか？」

リキがいつもの調子で言葉を返すと、三十歳前後の紳士は美女の腰を抱いたままニヤリと笑った。

「昨日の夜からどこまで本当でどこまで嘘《うそ》かわからない噂《うわさ》が流れています。眞鍋さんは情報戦で攪乱《かくらん》させる戦法ですか？」

「さぁ……」

「金曜日の夜なのに藤堂さんの店は火が消えたようにひっそりとしていたそうです。手を汚さない眞鍋さんに乾杯しましょうか」

三十歳前後の男に極道の雰囲気は漂っていないが、単なる一般人ではない。氷川はじっと見つめたが素性は見当もつかなかった。

「失礼させていただきます」

リキは一礼すると背を向けた。

男たちの戦いは、氷川の知らないところで着実に進んでいるようだ。喩《たと》えようのない不安が押し寄せてきて、氷川は清和の横顔を見上げた。ライトに照らされた美丈夫《びじょうふ》は誰よりも凛々《りり》しくて、見ているだけで自然と目が潤む。

「どうした？」

清和が氷川の濡《ぬ》れた目に気づいて案じている。

愛しい男のことになると涙腺《るいせん》が弱くなる自分を氷川は自覚した。清和に口づけをしたくてたまらない。

「……ん」

ショウとリキがそばにいるにもかかわらず、氷川は清和に唇を近づけた。

氷川の目的がわかったらしく、清和は切れ長の目を細めている。場所が場所だけに照れているようだがいやがりはしない。

愛しい男の頬に唇を寄せた瞬間、氷川は後頭部をハンマーで殴られたような衝撃を受けた。

清和の向こう側、ヨーロピアンタイプのソファで、クラブ・竜胆《りんどう》のママである志乃《しの》が艶《えん》然《ぜん》と微笑んでいるからだ。志乃は清和に女を教えた筆おろしの相手である。清和は資金を提供して、志乃に眞鍋組のシマで店を持たせていた。嫉妬深い氷川が妬《や》かないほうがおかしいだろう。

「清和くん、僕を閉じ込めて志乃さんと会うつもりだったの？」

氷川が嫉妬の炎を清和に向けると、傍らで聞いていたショウが独り言のように呟《つぶや》いた。

「なんでそんな考えが出るんだ。信司《しんじ》より不思議」

「ショウくん、何？　何か言った？」

氷川は清和の腕をぎゅっと摑んだままショウに凄《すご》んだ。

「今、志乃さんは祐さんの指示を受けて、藤堂ンところのナンバーワンを口説いているんスよ。名前はあゆ子《こ》、あんなに可愛い顔してるけど男を手玉に取るのは天才的っス」

ショウに小声で耳打ちされて、氷川も祐が言っていた対藤堂の戦略を思いだす。和服姿の志乃の隣には、グラビアアイドルのように可愛い女性がいた。藤堂組資本が経営するキャバクラで、驚異の数字を叩《たた》きだしているナンバーワンのあゆ子だ。

ソファに腰を下ろしていた志乃は、清和に気づいて立ち上がった。

「清和さん、喜んでください。あゆ子ちゃんがうちに来てくださるって。うちもあゆ子ちゃんみたいな可愛らしい女の子がいたら助かるわ。清和さんも楽しみでしょう」

志乃は口説き落としたあゆ子を、嬉《うれ》しそうに清和に紹介した。

「あゆ子です。よろしくお願いします」

あゆ子は清和が何者か知っているらしく、立ち上がるとお辞儀をした。男を手玉に取るとは思えない可憐《かれん》さだ。

清和は志乃とあゆ子を交互に見つめると軽く頷《うなず》いた。眞鍋の組長としての態度は崩さない。

「あゆ子です。よろしくお願いします。是非、遊びにいらしてください」

あゆ子はさすがというか、心得ているというか、清和だけでなく、周囲にいるショウやリキ、氷川にも挨拶をした。単純なショウなど、女狐《めぎつね》の本性を知っていてもすぐに可愛いあゆ子にデレデレになる。

「志乃、礼を言う」

清和が礼を言うと、志乃は満足そうに微笑む。

「こんなことぐらいしかお役に立てませんもの」

志乃が抗争に反対している素振りは微塵《みじん》もなかった。彼女にとっても清和は大切な男のはずだ。氷川は不思議でならなくて、志乃の耳元で囁《ささや》くように尋ねてしまった。

「志乃さん、どうして戦争に反対しないのですか?」

慈愛に満ちた志乃に手をぎゅっと握られて、氷川は困惑してしまう。しかし、たおやかな白い手を優しく握り返した。

「お気持ちは痛いほどわかります。でも、男の方が一度決めたことに口を出すことはできませんわ。私がお世話になったのは清和さんだけではありません。お義父上様《ちちうえさま》にも眞鍋の皆様にも並々ならぬお世話になりましたの。私は決められたことについていくだけです」

志乃は古風な女性らしく、氷川は違った意味で感動してしまう。ストレートに志乃に対する感想を述べた。

「今時、志乃さんみたいな女性がいるなんて知りませんでした。清和くんが気に入るのもわかります。悔しいけど……」

氷川の言葉を聞いて、志乃は鈴が鳴るようにコロコロと笑った。清和が援助した気持ちもわかるような気がする。

「まぁ……高校に通っている息子には『ババア』って言われていますのよ。嬉しいことを言ってくださるのね」

「高校生のお子さんがいらっしゃるのですか？」

志乃に高校生の息子がいたとは知らなかったので、氷川は目を大きく見開いて聞き返した。とてもじゃないが、そんな歳《とし》の息子がいるようには見えない。華やかな美女というわけではないが、しっとりとして落ち着いた色気のある佳人だ。

「ついほんの最近まで『ママ』って言って纏《まと》わりついていたのに、今では『クソババア、ウザイ』ですもの。三輪車を欲しがっていた息子が今では大きなバイクを乗り回していますのよ。危ないからやめて、って言っても聞いてくれませんの。息子なんて持つものではありませんね」

白い手を振りながら息子を語る志乃は、どこにでもいる母親に見えた。そして、どういうわけかわからないが、志乃の息子が清和に重なり、氷川は切々と言った。

「その気持ちはわかります。男の子ってすぐに大きくなりますからね」

氷川の心情に気づいたのか、不穏な空気を察した清和が口を挟んだ。

「行くぞ」

氷川は志乃に挨拶代わりの会釈をしてから別れる。客の見送りのように、志乃はあゆ子と並んで腰を折った。

「清和くん、悔しいけど志乃さんて素敵な女性だね」

嫉妬深い氷川をよく知っているからか、清和はなんの反応も見せなかった。懸命に自制しているらしい。

「志乃さんの息子さん、清和くんの子供じゃないね」

氷川のとんでもない言葉に清和は目を見開き、ショウはなんとも言えない声を発した。十九歳の清和に高校生の息子は考えるまでもない。

「当たり前だ」

「志乃さん、結婚して息子さんを産んで離婚したの？」

いくら気に入っても清和が人妻に手を出すとは思えなかったので、氷川は志乃の履歴に離婚までつけた。

「結婚も出産も離婚も超特急ですませた、と志乃が言っていた。俺と初めて会った時は離婚した後だった」

「そうなのか」

壁がすべて鏡になっているスペースの前で、氷川は清和とともに立ち止まった。すると、静かに鏡の扉が開く。ここはＶＩＰが通される個室だ。広々とした部屋の中央に置かれた大理石のテーブルには、美人コンテストの会場ではないかと見間違えるほど、タイプの違う最高の美女たちが揃っていた。

「眞鍋の、楽しませてもらっておるぞ」

素晴らしい美女たちを侍《はべ》らせて悦に入っているのは、竜仁会《りゅうじんかい》の会長である竜仁昌造《しょうぞう》と幹部たちだ。七十歳を越しているとは思えない竜仁がグラスを掲げて、孫のような歳の清和に挨拶をした。

「楽しんでくださったのならば幸いです」

先に楽しませておくのは、清和の竜仁に対するもてなしである。

清和だけでなくリキやショウも深々と腰を折るので、氷川もそれに倣《なら》った。

極道の世界において、眞鍋組の清和はまだほんの駆けだしだ。全国に勇名を轟《とどろ》かせている竜仁会の竜仁に比べたら、清和はヒヨコどころか卵である。

リキが絶世の美女たちに手で合図をした。すると、美女たちは挨拶をして個室から出て行く。鼻の下を伸ばしていた竜仁も美女たちを笑顔で見送った。

「眞鍋の、今夜は可愛いのを連れているのぅ。祐といい、お主のところは可愛いのが多いのぅ」

竜仁は初めて見る氷川を眞鍋組の構成員だと思ったようだ。女性的な顔立ちの祐を知っているからか、ヤクザに似つかわしくないルックスに戸惑っている気配はない。

「竜仁会長、会わせろと仰っていた俺の女房です」

清和が目を細めて答えると、竜仁は氷川を指で差して立ち上がった。

「男の姐さんか？」

驚愕《きょうがく》で佇んでいる竜仁の質問に、清和がいつもの調子で答えた。

「そうです」

「可愛い男だが、男じゃないか」

男の妻と聞いてどのような想像をしていたのか不明だが、竜仁は氷川の姿に驚いていた。

「はい」

「世の中も変わったのぅ」

竜仁は腕組みをしつつ、ソファに腰を下ろした。着席を促されたので、清和も氷川もソファに座る。清和の舎弟であるリキとショウは背後に立ったままだ。ブラックタイのボーイがシャンパーニュ地方のクリュッグ・グランド・キュヴェ・ブリュットを開けた。

「可愛い姐さんに乾杯」

竜仁のしゃがれた声でグラスを掲げる。

どこか林檎《りんご》ジャムの匂《にお》いがするクリュッグ・グランド・キュヴェ・ブリュットは濃密でいて芳醇《ほうじゅん》で、氷川の頬がほんのりと紅《あか》く染まった。

清和は飲んでも変わらない。未成年の飲酒を咎《とが》めたかったが、今夜は大目に見ることにする。

最高のシャンパンを飲み干すと、ブランデーがバカラのグラスに注がれた。

「姐さん、眞鍋の、はどうだ？」

竜仁に清和について問われたのはわかるが、何について問われたのかわからない。だが、氷川は極上のブランデーが注がれたグラスに手を添えて微笑んだ。

「僕は幸せです」

「そうか、幸せならそれでいいぞ」

竜仁は氷川の答えにホクホク顔だ。その名を聞いただけで震えだす、と噂されている伝説の極道ではない。

「眞鍋の、こげな可愛い姐さんを泣かすのではないぞ」

竜仁は氷川から清和に視線を流した。

「泣かせたくありませんので、竜仁会長のお力添えをいただきたいと存じます」

清和は単刀直入に今夜の本題に入った。

「藤堂を潰すのじゃな？」

ある程度の情報を摑んでいるらしく、清和と竜仁の話は早い。

「叩き潰します。その間、何も見ず、何も聞かないでいてほしいと存じます」

清和の申し出に気づき、竜仁は顔に刻まれた皺《しわ》をいっそう深くした。

「つまり、傍観していろということじゃな?」

「竜仁会長に仲裁に入られては困ります。いくら長江《ながえ》組の東京進出を東の極道で阻止する時期であっても、これればかりはご容赦をお願いします」

清和が頭を下げると、竜仁は高らかに笑った。

「西の長江が迫っているのに、東の極道が争っている場合じゃない。そう思ったが仕方がないのぅ。これだけ姐さんが可愛かったら仕方ないぞ」

氷川をいたく気に入ったのか、竜仁の目尻《めじり》は下がりっぱなしだ。

竜仁は現在の状況を踏まえ、若い組長同士の抗争を止めようとしていたらしい。そもそも、竜仁は抗争なき時代を提唱している関東の大親分だ。しかし、清和の願いを聞き入れて、抗争の仲裁には入らないと宣言した。仁義を重んじる男として名高い竜仁なので二言はあるまい。

「感謝します」

「感謝するのはまだ早いぞ?　あれよあれよという間に昇ってきた藤堂は切れるぞ。わしは薬屋は反吐《へど》が出るほど嫌いじゃが、あの手腕は認めんわけにはいかん。若いのにたいしたもんじゃ」

竜仁にとって藤堂は取るに足らない小物だが、その破竹のような快進撃は記憶に残っているらしい。

「わかっています」

「お主《ぬし》に言う必要はないかもしれんが、警察沙汰《けいさつざた》になる抗争に発展させたら許さんぞ」

「承知しております。世間を騒がすようなことはしません」

「……じゃが、藤堂とあの花桐《はなぎり》の息子が繋がっていたとは知らなんだ。今の若い奴らの中には花桐を馬鹿《ばか》な極道だと言う奴が多いようだが、わしはいい極道だと思うぞ」

　竜仁が感慨深そうに言うと、清和も大きく頷いた。

「花桐の生き様を否定することはできません」

「ああ、姐さんや、花桐とは竿師《さおし》の桐嶋《きりしま》のオヤジでな、西で伝説になった漢《おとこ》じゃ」

　竜仁が氷川に笑顔で語りかけた。どこか、孫に昔話を語る祖父のような雰囲気がないわけでもない。竿師の桐嶋の名が出たので、氷川は戸惑ったが態度には出さなかった。

「桐嶋のオヤジさんですか」

「ああ、今から何年前のことかのぅ、花桐が命をかけた組長が長江組系豪西会《ごうせいかい》に殺されたんじゃ。長江組に怯《おび》えて、組員たちが逃げだしてのぅ。組に残っているのは花桐一人になったんじゃ」

　花桐こと桐嶋の父親が命をかけた組長が、長江組系の豪西会によって射殺された。それなのに、長江組という後ろ盾に怯えて、組長の仇《かたき》を取るどころか組から競うように組員たちが逃げだした。とうとう、組には花桐以外、誰もいなくなってしまった。頭の命をとられて報復しなかったら、極道の看板を下ろすことにほかならない。

「花桐さん、ヤクザから足を洗ったのですね？」

氷川が予想した花桐の行動を、竜仁は笑いながら手を振って否定した。

「姐さんや、足を洗っておったら伝説にはなっておらんぞよ」

唐獅子牡丹《からじしぼたん》を背中に刻んでいたとはいえ、花桐は生き方を変えるべきだった。息子と二人でまっとうな人生を歩めばよかったのだ。

「いったい何が伝説になったのですか？」

「花桐がたった一人で、自らの命と引き替えに亡《な》き組長の仇《かたき》を見事に取ったからじゃ」

花桐の心意気に感じ入ったのか、竜仁の身体はふるふると震えている。一瞬、氷川は何かの持病かと思った。

「仇ですか……」

骨の髄まで極道の花桐は組長の仇を取りに行った。ダイナマイトを腹部に巻いて敵方の長江組系豪西会に乗り込み、組長を抱いたまま壮絶な最期《さいご》を迎えたのだ。組長並びに幹部たち、主だった組員たちが亡くなった豪西会は消滅した。

「伝説になった極道は今までに何人もおるが、わしは花桐みたいな漢が好きじゃ」

花桐の死闘の激烈さと極道としての死に様が関西で伝説となった。長江組でさえ花桐の死を悼《いた》んだのだ。いや、長江組で花桐の評判は上がった。見上げた極道だと。

「残された者は冗談じゃありません」

　年長者に逆らう気はないが、つい本心が氷川の口から出た。

　だが、竜仁に気分を害した気配はない。それどころか、皺だらけの顔をくしゃくしゃにして笑っている。

「それは姐さんや子供がよく言うとるの」

「そうだと思います。命を粗末にして、何が伝説ですか？」

「ん……それを言われるとわしも辛いのぅ」

「結局、花桐さんは家族を泣かせたのでしょう？　そんな方を褒めないでください。会長が花桐さんを褒めたら、ほかにも花桐さんのように命を大事にしない方が出てきますから」

　氷川は竜仁と視線を交差させると微笑んだ。そして、一緒にグラスに注がれた極上のブランデーを飲み干す。

「姐さん、今夜は飲もうぞ」

「はい……でも、失礼ですが、もうお歳ですからあまりお酒は召されないほうがいいかと思います。だいぶ、お顔が赤い」

　身についた職業病が氷川から自然に出たが、隣にいた清和はいっさい動じない。ショウは息を呑《の》んでいた。

「そういや、姐さんは医者だと聞いたが本物の医者か？」

竜仁は氷川の顔をまじまじと真正面から見つめた。

「未熟ですが本物の医者です」

「可愛い先生もおるんじゃのぅ。わしが知っておる先生といえば、いつも酒を飲んでいる先生かいつも女のケツを追いかけ回している先生、どちらかじゃ。えらい学校を出たえらい先生だと聞いたが、チンピラみたいなことをしとるぞ」

酒好きも女好きも医者でよく見かける人種なので、氷川は今さら驚いたりしない。

「医者になるのに人格も品格もいりませんから」

「人の嫁さんに手を出す医者もいるからのぅ」

潔癖なのか、不倫を語る竜仁の眉間《みけん》の皺はとても深い。

「はい、います」

「どんなに惚れても人の女に手を出しちゃいけん。……花桐の息子もよりによって親の女に手を出すとは……」

竜仁はよほど花桐を気に入っているらしく、息子である桐嶋がしでかした不始末を口惜しそうに詰《なじ》った。桐嶋は己が仕えていた極道の妻に手を出して破門されたのだ。決して許されることではない。

「そうですね」

「子分に女を寝取られるのは男の恥なんてものじゃないぞ……うんにゃ、子分じゃのうても、自分の女を寝取られるのは末代までの恥じゃ。姐さん、眞鍋の昇り龍の顔に泥を塗るようなことは慎んでくれよ」

何かトラウマがあるのか竜仁に悲壮感が漂っているので、氷川は野菜スティックを摘んだまま白い手を振った。

「そんな心配をなさらないでください」

「……まぁ、眞鍋の昇り龍は若いし、男前だからのぅ」

竜仁が清和の容貌を褒めたので、氷川も笑顔で大きく頷いた。

「はい」

「堂々とノロケるのぅ、可愛い姐さんじゃ」

氷川は竜仁と芳醇なブランデーを飲み、たわいもない話を交わした。清和は静かに聞いている。

「わしゃ、なんか、雲に乗っておる気分になってきたぞ」

竜仁が空になったブランデーのボトルを抱えて、うとうとしかける。

「僕も……なんか、眠くなってきた」

釣られたわけではないが、氷川も睡魔に襲われた。清和に寄りかかると、そのまま夢の国に旅立ってしまう。

二人の寝息がしんと静まり返ったVIP席に響き渡った。

「こんなに楽しそうな会長を見るのは久しぶりです」

竜仁会の幹部が礼を言うと、清和は深々と頭を下げた。

「こちらこそ、ご足労いただき感謝します」

「礼として土産《みやげ》を置いていきます。藤堂が融資している桑原《くわはら》鉱業は飛びたがっています」

これだけで竜仁会の幹部が土産と称した内容が清和にはわかった。

藤堂は法外な利息で桑原鉱業という小さな会社に金を貸している。桑原鉱業で一儲けするつもりなのか、藤堂は何度も融資した。そこまでは清和もサメの調査で知っている。藤堂の想定外か、想定内か、どちらかは不明だが、桑原鉱業の経営はとうとう立ち行かなくなったようだ。経営者は借金を踏み倒して逃亡したがっているらしい。もちろん、どこに逃げても藤堂は必ず桑原鉱業の経営者を見つけだして、貸した金を回収する。狙い通りの利益を上げるはずだ。

しかし、藤堂が逃亡した桑原鉱業の経営者を見つけられなかったら、貸した金を回収することはできない。藤堂の名も落ちる。

つまり、眞鍋組が桑原鉱業の経営者を匿《かくま》えばいいのだ。桑原鉱業に逃げられた藤堂組のダメージは小さくはない。

「情報、感謝します」

清和の宿敵との戦いは静かに進んでいる。

氷川は夢の中で清和と手を繋いで長い道を歩いていた。彼の手を離したくないので、どこまでも道が続くように願ってもいた。

5

氷川《ひかわ》は目を覚まして、パイプベッドの上で何があったのか反芻《はんすう》した。現状を確認すると、溜《た》め息《いき》しかでない。

「どっちにしろ、僕を閉じ込めるのか」

部屋に窓はないが、トイレやバスルームはある。氷川はベッドから下りると、トイレのドアを開けた。さすがにトイレの中に監視カメラは見当たらない。

顔を洗ってから、監視カメラの前に立った。

まだ夜なのか、もう朝なのか、その見当もつかないが、空腹なのは確かだ。時間は確実に過ぎている。

「僕、お腹が空きました」

どこからも返事はないが、暫《しばら》くすると重厚なドアが開いて、食事を載せたワゴンを押した信司《しんじ》が入ってきた。

「姐《あね》さん、失礼します。お食事をお持ちしました」

銀のワゴンがテーブルの代わりらしい。分厚いトーストに野菜サラダ、カリカリに焼かれたベーコンを添えた目玉焼き、氷川の前に洋朝食の定番が並んだ。おそらく、どこかの喫茶店から取り寄せたのだろう。

「信司くん、今、何時？」

氷川がマヨネーズで和《あ》えたポテトをフォークで突《つつ》きながら尋ねると、信司はジェイコブの腕時計で時間を確かめた。

「九時半です」

「土曜日の朝の九時半だね？」

氷川が念を入れて確認すると、信司は屈託のない笑顔で答えた。

「はい、そうです」

すでに何日も過ぎたような気がしたが、そうでもない。氷川はゆっくりとミニコーンを咀嚼《そしゃく》してから考えた。昨夜《ゆうべ》の竜仁会《りゅうじんかい》の会長の言葉から察しても、極道の世界において女房の浮気のダメージは大きいらしい。今、ここで部屋から脱出しないとずっとこのままだ。その間、清和《せいわ》が何をするかわからない。情熱的な告白をしてきた滝沢《たきざわ》に気があるわけではないが、何も知らない彼は助けたかった。

「では、失礼します」

信司はペコリと頭を下げると、ドアノブに手をかけた。

「し、信司くん、お腹《なか》が痛い……」

氷川が腹部を手で押さえて蹲《うずくま》ると、信司は真っ青な顔で固まった。

「……え？」

「……苦しい」

氷川は頭の中で病名を選びつつ、楚々《そそ》とした美貌《びぼう》を歪《ゆが》ませた。

「は、腹ですか？　腹が痛いんですか？　もしかして、赤ちゃんですか？」

予想外の信司のリアクションに氷川は噴きだしそうになったが、すんでのところで耐えた。右手で口を塞《ふさ》いで凌《しの》いだのだ。左手は痛むと訴えている腹部を押さえ続けた。

その様を見て、信司は手足をばたつかせた。

「赤ちゃん？　赤ちゃんなんですね？　おめでとうございます。ど、どうしたらいいんですか？　ベビーベッドを用意したらいいんですか？」

人として信司の頭の中身を確かめたいが、今はそんな場合ではない。氷川は腹部を押さえた姿で、よろよろとドアに向かった。

「信司くん、救急車を呼んで。後は自分でするから……ドアを開けて」

ドアにはロックがかかっていて開かない。

「うわっ、はい、はい、はいっ、ドアを開けてくれ。先生が大変だーっ」

信司が監視カメラに向かって怒鳴ると、ドアが鈍い音を立てながら開いた。清和の舎弟である宇治《うじ》が、腕組みをした体勢で立っている。おそらく、宇治は朝食を運ぶ信司とともにやってきたのだろう。

「宇治、救急車、先生が大変なんだ、赤ちゃんができたんだ」

宇治は慌てふためいている信司には目もくれず、氷川をじっと見つめた。やはり、赤ちゃんというワードに引っかかっているらしい。

「先生？　赤ちゃんって子供ですよね？」

宇治の顔が引き攣《ひ　つ》りまくっているので、何を考えているのか問い詰めたくなったが、氷川は目下の目的を優先させた。

「宇治くん、医者の僕にはわかる。この痛みは単なる腹痛じゃない。急性の……とりあえず、精密検査をしたほうがいいと思うんだ。救急車を呼んで」

大病に見せかけるため、氷川はあえて予定していた病名を告げなかった。

氷川に体調不良を訴えられたら、清和に忠誠を誓う宇治は無視することができない。たとえ、氷川の性格を知っていてもだ。

「その必要はありません。木村《きむら》先生のとこへ行きましょう。歩けますか？　車椅子《くるまいす》を持ってきましょうか？」

仮病だと見破ったのかどうかは不明だが、宇治は清和の力が届く範囲内から氷川を出さない。

氷川は木村相手に誤魔化す自信はないが、救急車を切望しても疑われるだけだ。とりあえず、息が詰まりそうな監禁部屋から出たかった。

「歩く」

氷川は宇治に支えられるようにして歩き、エレベーターに乗り込んだ。

「宇治くん、なんか、騒がしい？」

長い廊下を走り回っている構成員たちが、やたらと目についた。特に清和の若い舎弟たちの間には緊張感が漂っている。藤堂《とうどう》に対する悪態も氷川の耳に届いた。

「気にしないでください」

予想通りの宇治の返事に、氷川は文句をつけなかった。

音を立ててエレベーターが目当てのフロアで止まる。以前、医療フロアは七階だったが九階に変わったようだ。信司が先頭に立って最新の医療器械の間を走った。

「木村先生、大変です。姐さんの赤ちゃんが腹で痛いって」

信司のとんでもない言葉を聞いても、典型的な外科医気質の木村は動じたりしない。しれっとした顔で宇治に支えられている氷川を見つめた。

「姐さんの赤ちゃん？　つまり、ボンもお父ちゃんか。橘高《きったか》のオヤジはお祖父《じい》ちゃんだな。こりゃ、いいや」

木村が高らかに笑い飛ばすと、信司は両腕をぶんぶん振り回した。

「木村先生、早く姐さんを診《み》てあげてください」

信司の言葉に動かされたわけではないだろうが、木村は白い診察台を椅子代わりにした氷川と向き合った。

「姐さん先生、どうしたんだ？」

一瞬だけ医者の目をしたが、すぐにいつもの木村に戻った。もしかしたら、瞬時に仮病であることを見破ったのかもしれない。

「腹痛がひどいんですが……」

氷川は俳優になったつもりで患者を演じたが、木村は机に置いていた缶ビールを飲みながら言った。

「食いすぎ」

木村らしいといえば木村らしいが、氷川に限ってそれはない。氷川は木村の見立てを即座に否定した。

「違うと思います」

「妊娠六ヵ月、もう産むしかないからな。粉ミルクを買っておけよ」

スルメをくちゃくちゃ嚙《か》んだ木村に、氷川は反論しようとしたが、仁王立《におうだ》ちの信司に遮られた。

「姐さん、妊娠六ヵ月ってなんですか。六ヵ月だったら組長の子供じゃないっ」

信司のあまりの剣幕に、氷川はたじろいでしまった。

「……し、信司くん？」

「俺、姐さんが組長の姐さんになった日がいつか覚えています。クラブ・竜胆《りんどう》の奈美子《なみこ》さんがリキさんにフラれて泣いた日だから絶対に忘れません。あの日から六ヵ月もたっていませんよ」

鬼と化した信司の指先は、呆然《ぼうぜん》としている氷川の腹部に向けられていた。信司に指摘された通り、氷川が清和と初めて愛し合ってから半年もたっていない。

「信司、お前、そういう頭は回るのか」

木村はしみじみとした口調で言うと、憤懣《ふんまん》やるかたないといった信司の肩を景気よく叩《たた》いた。

「木村先生、なんですかっ。姐さんの赤ちゃんは組長の赤ちゃんじゃないと駄目ですっ」

「あ〜っ、姐さん先生、男だからな」

木村が口元を緩めながら言った時、エレベーターから眞鍋《まなべ》組の重鎮《じゅうちん》である橋高が降りてきた。フロアに詰めていた若い構成員たちはいっせいに頭を下げる。

「姐さん、信司がなんか騒いだらしいんだが」

信司が叫んだ赤ん坊というキーワードは、橋高も唸《うな》らせるものだったらしい。切りだし方が橋高にしては微妙だ。

木村は消毒液の隣に置いていたワンカップの日本酒に手を伸ばすと、軽い口調でズバリと言った。

「姐さんは残念ながら妊娠じゃない。単なる仮病だ」

木村の診断を聞いた瞬間、宇治は大きな溜め息をついた。やっぱり、と。

信司はきょとんとしている。

「木村先生、せめてもうちょっと診てから言ってもらえませんか？」

元々木村を騙《だま》せるとは思っていなかったが、氷川にしてみれば文句の一つも言いたくなる。

「診る必要なんかねぇ」

吐き捨てるように言った木村の肩を、橘高は楽しそうに叩いている。それだけで何があったのか、橘高はすべて感じ取ったようだ。

「姐さん、すまんな、あんな部屋に閉じ込められたら誰だって妊娠するさ」

橘高は独特の言い回しで、監禁された氷川に詫《わ》びている。清和が何をしたのか、何をしているのか、それらも把握しているようだ。

「清和くん、いつもと全然違います」

清和の義父《ちち》である橘高に、氷川は切々と訴えかけた。

「そりゃ、可愛《かわい》い姐さんに男が張りついているからな。仕方ないな、これだけ綺麗《きれい》な姐さんなら悪い虫もつくさ」

誰からも慕われる懐の大きい男は、眉間《みけん》の傷に手を添えながら答えた。橘高に氷川を非難している気配はない。

「滝沢のことをどうしてあんなに気にするのかわかりません。それは清和くんだけじゃなくて、ショウくんやサメくん、……みんなもです」

「うちのボンがヤクザで負い目があるからさ」

橘高はどこか切なそうな顔で、清和の心の深淵《しんえん》を吐露する。しかしながら、氷川は理解できなくて目を丸くした。

「……負い目？」

「ボン、元々ヤクザになる気はなかったんだ」

初代組長の実子であれ、清和は極道の道に進む気はまったくなかったという。抗いがたい運命に身を委《ゆだ》ねただけだ。

「それは聞いて知っています」

「ボンも好き好んでヤクザになったわけじゃない。ヤクザを奨励しているわけでもない。だから、姐さんがヤクザをいやがる気持ちがわかるのさ」

清和には普通の男として生きてほしい。再会してから氷川がどんなに懇願しても、清和は聞き入れてくれなかった。相手にしてくれなかったことのほうが多い。

「僕の気持ちがわかるなら……」

「……ああ、ボンは姐さんの心はわかるが、眞鍋組を解散させる気はない。だからこそ、

ぜ」

物凄《ものすご》いジレンマを抱えているんだろう。ああ見えて、姐さんへの負い目はすごいと思う

どんなに氷川を愛していても、清和は眞鍋組を解散させない。暴力団という組織がどれだけ危険で醜悪かわかっていてもだ。ゆえに、清和は誰よりも大きな葛藤《かっとう》を抱えていた。

「ジレンマ、負い目……そんなの気づかなかった」

橋高に告げられるまで、氷川は清和の苦悩に気づかなかった。

「だから、カタギさん、それも高校時代の友人が姐さんの前に現れて焦ったんだろう。どう考えても、あっちのほうが姐さんを幸せにできるからな」

ヤクザというだけで別れの理由になる。けれども、氷川には清和と滝沢を天秤《てんびん》にかける必要もない。

「幸せって、そんなの……」

氷川の幸福は清和の隣にいることだ。どんなに滝沢が愛してくれても、清和の代わりにはならない。

「その滝沢っていうカタギさんなら姐さんを危険な目に遭わすこともない。戦争で心配させることもない。姐さんのために身を引いたほうがいいとわかっているが、身を引きたくないからイラついているんだろう」

清和に身を引いてほしいなど、氷川は一度も考えたことはない。それどころか、そんな

別れを考えた清和が腹立たしい。

「僕を手放すつもりはないって言っているくせに」

「ああ、ボンは姐さんを手放すつもりはない。けど、ボンはまだ若いんだよ。若いから揺れる」

雄々しく我が道を進んでいるかのように見えるが、清和には若さゆえの脆《もろ》さがあった。

「本当ならお酒も飲めませんからね」

十九歳といえば、氷川はまだ学生だった。希望していた医大に合格したものの、安心も油断もできなかった頃だ。

「だからさ、頼むよ。ヤクザの世界でトップに立ってくれ、とでもボンに言ってくれ。そうしたら、ボンは落ち着く。腰を据えて姐さんのために働ける」

ふとした瞬間に垣間《かいま》見《み》える清和の不安定さは、氷川の反対が大きな要因を占めているのかもしれない。氷川から賛同と応援を得られたら、清和はなんの負い目も気兼ねもなく安心して極道の道を突き進める。

橘高にくどくど説《と》かれなくても氷川はわかった。しかしながら、口が裂けても清和にそのような言葉は向けられない。

「橘高さん、そんなことを言えるわけないでしょう」

氷川は左右の拳《こぶし》をぎゅっと握って力んだ。

「嘘《うそ》でもいいから言ってやってくれないか。藤堂に勝て、でもいい」

橘高は神棚にするように氷川に向かって柏手《かしわで》を打つ。そばで話を聞いていた信司や宇治も、氷川に手を合わせている。どんなに拝まれても、氷川は請け負えない。

「無理、僕は今でもヤクザには反対ですから。この戦争も清和くんが引退すれば、それですむんじゃありませんか？」

「……まぁ、それが姐さんなんだろうけどなぁ」

橘高が頭を掻《か》いた時、傍《かたわ》らに控えていた古参の幹部が口を運んだ。

「オヤジ、そろそろお時間です。尾崎《おざき》組の若頭をお待たせするわけにはいきません」

橘高は古参の幹部に頷《うなず》くと立ち上がり、氷川の顔を真正面から見つめた。

「ああ、遅れるわけにはいかない。姐さんが妊娠したって聞いたから驚いてな」

出かける準備をしていたものの異様な知らせを受けて、橘高は氷川を訪ねたらしい。また、何か氷川がしでかしたのか、という懸念もあったようだ。氷川が若い舎弟たちの手に負えないこともよく知っていた。

「そんなのあるわけないでしょう。僕だって産めるものなら産みたいです。子供のためにヤクザから足を洗ってくれ、って清和くんに泣いて頼みますよ。子供が学校でいじめられるだけじゃすまないって」

親が原因でいじめられる子供は今も昔も変わらないと聞く。極道の子供というだけで重い十字架を背負うことになりかねない。

「すまん、俺はボンを引き取ってもヤクザをやめる気にはならなかった。うちのボン、学校でいじめられたのかな？　ボンは何も言わなかったからわからない。でも、不登校には一度もならなかった」

橘高はどこか遠い目で在りし日の清和を口にした。

「そりゃ、橘高さんは元々ヤクザ……あ、そういえば、安部《あべ》さんはどうされたのですか？まさか、何かあったのですか？」

清和に影のように寄り添うリキがいるように、橘高にはいつもそばに安部がいる。いるはずの者がいないので氷川にいやな予感が走った。安部が橘高に勝るとも劣らない武闘派だからだ。

「安部？　安部は祐《たすく》に馬車馬のように働かされている」

分身ともいうべき安部を語る橘高はとても楽しそうで、傍らにいた古参の幹部も喉《のど》の奥で笑っている。落花生《らっかせい》の殻を剝《む》いている木村も、若い宇治や信司も爆笑した。どうやら、安部は息子のような祐の手足になっているようだ。

「安部さん、無事なんですね。ご無事ならいいです」

氷川がほっと胸を撫《な》で下《お》ろすと、橘高は嬉《うれ》しそうに頰《ほお》を緩ませた。

「ああ、無事だ。安部のことまで心配してくれるのか、ありがとう、姐さんは優しいな。

る。


優しいから心配なんだよ」

古参の幹部に再度急かされて、橘高は足早に出ていった。

「姐さん先生、食うか?」

木村に落花生を手渡され、氷川は微笑《ほほえ》んだ。宇治や信司も診察台に座って落花生を食べる。

「信司、俺はクラブ・竜胆の奈美子がリキにフラれた話は初耳だ。奈美子はFカップだろう? リキはどうしてそんな勿体《もったい》ないことをするんだ?」

木村はつい先ほど信司が口にした話を持ちだした。クラブ・竜胆の奈美子がどんな女性なのか知らないが、豊満な美女だということは氷川もわかる。

「そんなの、俺に聞かれても知りませんよ」

信司もリキの行動には首を傾げている。

「リキ、あいつだけはわからねぇ。クラブ・ドームの理恵子《りえこ》も袖《そで》にしたんだぞ。リキは男の風下にも置けん」

木村が腕組みをしてリキを詰《なじ》ると、宇治も信司も賛同した。クラブ・ドームは眞鍋組資本の高級クラブで、在籍しているホステスの美貌は有名だ。

「リキくん、誰か決まった人がいるとか?」

そういった話を聞いたことは一度もないが、氷川はあえて聞いてみる。案《あん》の定《じょう》というか、予想通りの答えが信司から返った。

「リキさんには誰もいないそうです。部屋に女を連れ込んだこともないって」

ストイックなリキに氷川が感心すると、木村はニヤリと笑った。

「リキは宝の持ち腐れの典型だ。それに引き換え、ここに転がっていた竿師《さおし》は上手《うま》いこと使っているな。あれが商売になるなんて羨《うらや》ましい限りだ」

木村の口から藤堂の手先となった桐嶋《きりしま》のことが出たので、氷川は聞きたくても聞けなかった容態を尋ねた。

「桐嶋さんと橋爪《はしづめ》さん、あの二人は？」

「あの二人、竿師とホストか。まだ意識は戻らない。けど、二人ともゴキブリ並みに生命力がありそうだから、意識が戻っても戻らないふりをしているのかもしれん」

木村は楽しそうに答えると、白いカーテンを指で差した。

白いカーテンの向こう側にあるベッドに、包帯だらけの桐嶋と橋爪がいる。二人には何本もの管が付けられていた。

「そうですか」

「二人合わせて肋骨《ろっこつ》が七本折れていた。派手にやったな」

清和とショウに打ちのめされた桐嶋と橋爪を見て、さすがの木村も唸《うな》ったらしい。桐嶋と橋爪は鍛えていなかったら危なかったそうだ。

「殺しても飽きたりねぇ。よくもカタギの先生に……」

宇治も信司も怒っているらしく、白いカーテン越しに桐嶋と橋爪を睨《にら》んだ。氷川が宥《なだ》めるように手を振っても効果はない。

「桐嶋の父親はヤクザで関西では伝説の花桐《はなぎり》ですけど、桐嶋本人は最低な奴ですよ。元々、桐嶋は長江《ながえ》組の組員だったんです。それも大原《おおはら》組長の舎弟でした。それなのに、組長の姐さんに手を出したんですよ」

桐嶋の過去を語った宇治には、嫌悪感《けんおかん》がありありと出ていた。己が命がけで仕える男の妻を寝取るなど、言語道断の出来事だ。

「桐嶋、指は揃ってたぜ？」

桐嶋のしでかした不始末は、落とし前として指を詰めさせられてもおかしくはない。極道の世界を知っている木村は驚いていた。

「金でカタをつけたそうです。当時、大原組長はまだ若頭でしたしね。桐嶋を実の息子以上に可愛がっていたとも聞きました」

口ぶりから察するに、宇治は長江組の組長である大原七松《ななまつ》を尊敬している。隣で頷いている信司にしてもそうだ。いわずと知れた国内最大規模の長江組の組長ともなれば、それなりの極道なのだろう。氷川は竜仁会の会長が敵であるはずの西のトップを褒めていたことを思いだした。

「金で？　桐嶋は若いのにそんな金があったのか？」

「桐嶋は金なんか一銭も持っていない部屋住みですよ。その時、金を積んだのが藤堂だったそうです」

桐嶋と藤堂の意外な関係に目を瞠《みは》ったのは、木村だけではなかった。氷川も驚愕のあまり、落花生を喉に詰まらせてしまう。咳《せ》き込《こ》むと、信司が背中を優しく摩《さす》ってくれた。

「藤堂が桐嶋のために金を積んだ？　藤堂もいいところがあるのか？　それとも、利用価値があると思ったからか？」

木村は個人的に藤堂を知っている口調だが、嫌悪感を抱いている気配はない。どこか藤堂を認めているフシさえあった。

「木村先生、藤堂ですよ？　桐嶋を利用するつもりだったんでしょう」

宇治は藤堂に対する嫌悪感で顔が醜く歪《ゆが》んでいる。口にするのもおぞましいといった風《ふ》情《ぜい》だ。

「そうだな、藤堂の小汚さは有名だ。あそこまで極めれば立派なもんだぜ」

汚さも極められれば称賛に値するのか、藤堂を褒める木村に宇治は唇を尖《とが》らせた。

「褒めるならうちの組長を褒めてください」

「ボンは真《ま》っ直《す》ぐすぎてヤバイ。藤堂をちょっと見習ったほうがいいぜ」

以前、清和の義母《はは》が口にした懸念を木村も指摘する。清和が大切な氷川としては唸ってしまうが、宇治と信司は首を大きく振った。

「藤堂なんか見習わなくってもいいんです」

宇治が地を這《は》うような声で凄んだ時、エレベーターから数人の若い構成員たちが降りてきた。それぞれ、大怪我《おおけが》をしていて、足を引きずっている清和の舎弟もいる。ショウは無傷だが、血塗《ちまみ》れの構成員を背負っていた。

「木村先生、怪我人です。お願いしますっ」

大声で怒鳴ったショウに向けて、木村は落花生を投げた。

「でいりか？」

「藤堂組の奴らが暴れたんですよ」

腹立たしくて仕方がないのか、ショウは医薬品が収められた棚を蹴《け》り飛《と》ばした。相変わらず、血の気が多い。

「どうせ、お前がケンカをふっかけたんだろう、眞鍋一の鉄砲玉」

ショウは木村に言い返そうとしたが、診察台にちんまりと座っている氷川を見ると雄叫《おたけ》びを上げた。

「うわっ、うわーっ、先生、なんでこんなところにいるんですか？　部屋でおとなしくしていてください」

氷川は耳を手で塞《ふさ》いで、ショウに言い返した。

「もうっ、そんな大声で怒鳴らないで」

「だって、そうでしょう？　よりによってこんな時に……本当によりによってですよ、今、誰にも余裕がないんですっ」

ショウが髪の毛を掻《か》き毟《むし》ると、木村はカラカラと高らかに笑った。

「藤堂が長江と杯を交わしたのがそんなにショックか？　もういいじゃねぇか、逃げろよ」

「木村先生、なんてことを言うんですかっ」

ショウが背中に刻んでいる毘沙門天《びしゃもんてん》を背後に浮かべると、宇治や信司の雰囲気もガラリと変わった。一瞬にして若き極道の世界だ。

「だって、そうだろう？　あの長江組が藤堂組のバックについたんだろう？　眞鍋組は逃げたほうがいい。長江組はすごいって聞くからな」

木村とショウの会話から不測の事態を聞いて、氷川は真っ青な顔で口を挟んだ。

「……藤堂組っていわゆる長江組系藤堂組になるんですか」

藤堂組が国内最高の勢力を誇る長江組傘下に加入した。すなわち、藤堂組の後ろに長江組がついたということでもある。神戸《こうべ》に拠点をおく長江組の恐ろしさは氷川もよく知っていた。

昨夜、竜仁会の会長にそんな素振りはまったくなかった。おそらく、竜仁会もその情報を摑《つか》んでいなかったのだろう。

「そうだ、それが東のヤクザにしたらやっかいなのさ。東のヤクザは西のヤクザにシマを荒らされたくないんだよ。今まで東のヤクザで対長江組の共同戦線を張っていたんだが、とうとう来ちまった。まぁ、俺もいつかは来ると思っていた。ただ、藤堂組だとは予想していなかった。ボンもリキもな」

薬屋として軽蔑《けいべつ》されている藤堂組のバックにつく暴力団はないと踏んでいたが、西の長江組ならば話はべつかもしれない。東京進出の足がかりを必死になって模索していた長江組にとって、薬屋でもシマを持つ藤堂組は魅力的だろう。

「……ど、どうなるんですか？」

藤堂組相手ならば眞鍋組に勝算はある。だが、長江組相手ならば戦う前から結果はわかっている。

「勝つか、負けるか、二つに一つだ」

木村は簡潔に言い切ると、血塗れの怪我人の患部を消毒した。宇治が木村のサポートにつく。

「そんな……」

氷川が恐怖と不安で身体《からだ》を竦《すく》ませていると、信司が泣きそうな顔で言った。

「姐さん、泣かないでください。東と西のヤクザが口喧嘩《くちげんか》したら絶対に東のヤクザは負けます。でも、口喧嘩じゃなかったら、東のヤクザも強いです。安心してください」

信司は信司なりに氷川を慰めようと必死らしい。彼の心を感じたが、氷川の不安は拭《ぬぐ》えない。

「信司くん、慰めようとしてくれるのはわかるけど、全然慰めになってないから」

氷川が日本人形のようだと絶賛される顔を痙攣《けいれん》させた時、凄《すさ》まじい爆発音が鳴り響いた。

「姐さんっ」

咄嗟《とっさ》に信司が庇《かば》うように氷川の細い身体に覆い被さった。

一瞬にしてフロアに白い煙が立ち込め、硝煙の臭いが充満する。けたたましい警報装置が鳴り響いた。

「うわっ、なんだ?」

「姐さんは無事かっ?」

「姐さんはどこだっ」

氷川を探す構成員たちの声が、四方八方から聞こえてくる。信司の下で氷川はか細い声を上げた。

「……ぼ、僕は無事だから安心して」

白い煙の中、数人の若い舎弟たちが床に倒れているのが氷川にもわかった。並んでいた診察台が跡形もなく吹き飛んでいる。

「爆弾かっ？　卓《すぐる》、お前のだぜっ？」

血塗れの卓が脱いだ上着が爆発したようで、ショウは鬼の形相で怒鳴っている。

「知らねぇっ」

卓が叫び返すと、ショウは目を大きく見開いた。思い当たることがあったのだ。

「おい、みんな、藤堂組の奴らとやり合った時、どっかに何か入れられてねえか？　確認しろっ」

ショウが大声を張り上げると、自分の衣服を調べた線の細い構成員の低い悲鳴が響き渡った。

「うわっ、俺のポケットに入ってたっ」

血相を変えた線の細い構成員の手には、小型の時限爆弾があった。本人にまったく覚えはないらしい。

「馬鹿野郎《ばかやろう》、こっちに寄こせっ。お前ら、姐さんを頼んだぞっ」

ショウは線の細い構成員から小型の時限爆弾を取ると、全速力で走りだした。一度も振り返らない。

「やべっ、俺もだっ。お前ら、姐さんを頼んだぜっ」

ゆったりとしたパーカを身につけていた構成員も、ポケットの中の異物を確認すると真っ青な顔で駆けだす。彼もショウと同じように一度も振り向こうとはしない。

薬品を収めていた棚が倒れたので、フロアの一角には火柱が上がっていた。額から血を流している構成員と足にガラスの破片が突き刺さった構成員が、必死になって消火活動に励む。

「早く火を消さないとヤバイぞ。……姐さん、ここから一刻も早く避難してください」

「木村先生、こんな時ぐらい酒を離してくださいっ」

氷川は宇治と信司に左右から守られて、フロアを後にする。エレベーターに乗り込まず、横にある階段で下りた。五階の踊り場で息をつく。

「宇治、姐さんはどこに避難してもらえばいいんだ？」

眞鍋第三ビル内で爆発が起こったのだから脱出したほうがいい。けれども、清和自身の本拠地である眞鍋第三ビルのほうが安全かもしれない。信司がもっともな質問をすると、宇治が思案顔で低く呻《うめ》いた。

「本部に聞くか……って、本部に詰めているのは丸山《まるやま》さんに荻原《おぎわら》さんか」

清和にリキ、橘高、といった眞鍋組の中枢をなす人物は現在、それぞれの理由で眞鍋組のシマにいなかった。

今、総本部にいる幹部の丸山と荻原は橘高の舎弟なので、清和の妻に当たる氷川のことで采配《さいはい》を仰ぐのは気が引ける。宇治は躊躇《ためら》ったが、信司は顔をぱっと明るくした。

「祐さんは本部にいるんじゃないかな」

信司が総本部で指揮を執っている祐に携帯で連絡を入れた。

「信司です、爆発があったので姐さんを安全なところに……え？　ああ、それはもう報告が行っているんですね？　姐さんに赤ちゃんができたかもしれないってことで木村先生のところに行ったんです。妊娠していなかったって、残念ですよね。でも、これからですよね。姐さんと組長の赤ちゃんならきっと可愛い……え？　そばに宇治がいますけど？」

信司は宇治に携帯を渡しながら続けた。

「宇治、祐さんが替われって」

祐が信司ではなく宇治と話そうとするのはしごく当然のことだ。氷川は信司の顔をまじまじと見つめた。

「はい、宇治です。お疲れ様です。……はい、すみません、わかっています……え？　無理ですよ。橘高顧問も可哀相だって言うから……俺が言うんですか？　俺の手には負えません。……はい、はい、わかりました」

宇治は携帯を切ると、氷川に向かって深々と腰を折った。

「姐さん、すみません、あともうちょっとだけ、あの部屋でおとなしくしていてください」

幽閉という指令が、祐から下りたらしい。氷川は憮然とした面持ちで、首を左右に振った。

「いやだ」

「お願いします。俺、姐さんに手荒なことはしたくないんです」

氷川に腕力を行使してもいいという許可を祐から得ているようで、宇治の顔色はすこぶる悪い。

「手荒なこと？　祐くんにそこまで言われているの？」

「包み隠さず言います、藤堂組の暴れっぷりが半端じゃねぇんです。西の男も流れてきているんですよ。今回、長江組のバックがあったから、藤堂も竿師とホストを使ってカタギの姐さんにも手を出したんでしょう。藤堂はどんな手を使ってくるかわからねぇんです。姐さんは一番安全な場所に隠れていてください」

懇願する宇治には悲愴感《ひそうかん》が漂っていて、氷川はたじろいでしまった。誰もが清和の最高の弱みを知っている。

「そんなに危ないの？」

「組長の許しがないと俺たちはチャカもナイフも持てません。ですが、ついさっき、ナイフの所持が認められました。これがどういうことかわかりますよね？」

宇治が言外に匂わせていることに気づかないほど愚かではない。氷川の目の前にどこまでも続く血の海が広がった。

「……ぜ、全面戦争？」

「姐さんとお約束したから、それだけは避けたいと組長だけではなく祐さんもリキさんも言っています。お願いですから、おとなしくしていてください」

そこまで言われたら、氷川も抗うことはできない。自ら進んで窓のない部屋に入る。

「あの部屋に閉じこもっていることが清和くんのためになるならいいよ。でも、暇だから本ぐらい持ち込ませてほしい」

「すみません、ありがとうございます」

宇治が安堵《あんど》の息を漏らしたかと思うと、なんの前触れもなく鈍い音が響き渡った。ズルズルと宇治がその場に倒れていく。宇治の背後に、包帯を巻かれた桐嶋と橋爪が立っていた。

「お前はっ」

信司が手負いの桐嶋に対抗しようとしたが、一撃の下に倒されてしまった。負傷しているとは思えない早業だ。

「姐さん、すんまへん」

桐嶋の謝罪が聞こえた瞬間、氷川は後頭部に衝撃を受けて意識を失った。冷たい床に倒れこむ前に、桐嶋の逞《たくま》しい腕に支えられる。

「橋爪、早く姐さんのパジャマを脱がせるんや。発信機がつけられているかもしれへん」

桐嶋と橋爪は氷川が身につけていたものをすべて剝《は》ぎ取《と》る。

麻酔が切れているのか、橋爪は痛みで顔を歪めているが何も言わない。その場で信司から奪い取った携帯で仲間に連絡を入れた。逃走資金のために財布もジーンズの尻《しり》ポケットから引き抜く。

桐嶋は信司のシャツを氷川に着せて抱き上げる。

「橋爪、ええな？　覚悟しいや？　この騒動は藤堂の最初で最後の助けや。これを逃したら二度目はない。行くでっ」

桐嶋は氷川を抱いたまま、物凄い早さで階段を駆け下りた。橋爪も周囲に気を配りながら走る。

「おいっ、お前、目を覚ましたのかっ」

三階の踊り場で若い構成員たちが、桐嶋と橋爪の前に現れた。未《いま》だ医療フロアの収拾がついていないらしく、桐嶋と橋爪の不在に気づいていなかったようだ。

橋爪が若い構成員を壁に叩きつけ、桐嶋が氷川を抱いたまま体格のいい構成員を蹴《け》り飛《と》ばした。トドメを差したのは橋爪だ。

「橋爪、ヤバイで、早う逃げんと」

桐嶋と橋爪が一階に辿《たど》り着《つ》いた時、目の前に殺気を漲《みなぎ》らせた若い構成員たちが並んでいた。先頭にいるのは凄まじい迫力を漂わせているショウだ。

「姐さんから手を離せ、そうすれば見逃してやる。どこにでも行け」

ショウが地を這うような声で言ったが、桐嶋は首を縦に振らない。それどころか、桐嶋の隣にいる橋爪は医療フロアで手に入れたメスを氷川の喉元に突きつけた。

「一歩でも動いたら綺麗な姐さんに突き刺すぜ」

氷川を人質に取られたら、清和の舎弟たちは身動きが取れない。ジリジリと間隔を取るだけだ。ショウは悔しそうに血が出るほど唇を嚙《か》み締《し》めた。

異常事態を知らせる警報ベルが鳴り響く。

「姐さんに何かしてみろ、ただじゃすまないぜ？　今なら見逃してやる。さっさと姐さんを離せ」

「動くな、手元が狂って姐さんに刺さる」

氷川を抱いた桐嶋とメスを手にした橋爪は、足早に出口に向かう。

背後から桐嶋に飛びかかろうとした若い構成員に、橋爪は隠して持っていた二本目のメスを投げた。

「動くな、綺麗な姐さんの顔に傷をつけたくないだろ？」

橋爪は氷川の白い頰《ほお》にメスを当てた。

「やめろっ」

怒髪天《どはってん》を衝《つ》くショウの声が辺りに響き渡る。周りにいた眞鍋組の構成員たちも息を呑《の》んだ。

「だから、動くなって言っているんだよ」

「お前、カタギの姐さんにこんなことをしてただですむと思っているのか？　今ならまだ間に合う。今ならばまだ助けてやれるんだ。命を粗末にするな。どんな風に藤堂から吹き込まれているのか知らねぇけど、うちの組長は話がわかる男だ。橘高顧問の度量の広さは有名だぜ」

単細胞が枕詞《まくらことば》のようにつくショウだが、激情を抑えつつ駆け引きめいたことを口にする。

しかし、桐嶋も橋爪もショウの言葉に揺れることはなかった。

「おい、出口を塞《ふさ》ぐな。どけ」

広々とした玄関口の前には、真剣な顔の構成員たちがズラリと並んでいる。眞鍋第三ビルから逃したらおしまいだ。

ショウが入り口に回ろうとしたが、橋爪は隠し持っていた三本目のナイフを投げる。

「どいてくれ」

ショウはナイフを投げられたぐらいで怯《ひる》んだりしない。説得の言葉を続けた。

「お前、そんなに死にたいのか？　自殺行為だぜ？　第一、カタギを盾にするなんて男じゃない」

ショウの言葉を無視して、橋爪は氷川の髪の毛を切った。ハラリ、と氷川の漆黒の髪の毛が落ちる。

うっ、とショウは低い呻《うめ》き声《ごえ》を漏らした。

「姐さんが大事ならどいてくれ。俺も姐さんを傷つけるようなことはしたくない」

橋爪が周囲を見回しながら言うと、氷川を抱いた桐嶋とともに入り口に向かって進んだ。

「あれ、なんや?」

桐嶋が自動扉の向こう側に広がる光景に目を丸くした。普通の主婦が団体で押しかけているのだ。眞鍋第三ビルの中は修羅場《しゅらば》だが、眞鍋第三ビルの外も違った意味で修羅場だった。

「お兄ちゃん、早くお米券ちょうだいよ」

ふくよかな体形の中年女性が、眞鍋組の若い構成員に向かって手を突きだしている。

「そうよ、もう十時過ぎてるでしょう」

「何、グズグズしてるのよっ」

厚化粧の中年の主婦たちに取り囲まれて、清和の若い舎弟は今にも泣きそうな顔をしている。それでも、懸命にビルの中に入れまいと頑張っていた。

「何かのお間違いです。お帰りくださいさい」

清和の舎弟の言葉に、集まった主婦たちはヒステリックに叫んだ。

「十時から先着三百名様にお米券三千円分プレゼントって聞いたわよ。眞鍋第三ビルってここでしょう?」

「なんのために急いで来たと思ってるの? とっととお米券を出しなさいよ。私、これから仕事なのよ」

迫力満点の主婦たちに、命知らずの鉄砲玉もお手あげらしい。涙目でおろおろするだけだ。

眞鍋第三ビルが指定暴力団眞鍋組が所有する建物だと、集まった主婦たちは誰一人として知らないのだろう。もちろん、眞鍋組でお米券のプレゼントなんていう企画は立てていない。どこかの誰かが流した偽《にせ》の情報だ。

「おばちゃん、どいてくれーっ」

天の助けとばかりに氷川を抱いた桐嶋と橋爪は主婦の間を怒濤《どとう》の勢いで通り抜け、停《と》まっていたトヨタの黒いセルシオに乗り込んだ。

すぐに黒いセルシオは走りだす。

「おばちゃん、どけーっ……待てっ」

ショウが追いかけようとしたが、集まっている主婦たちの波に呑まれてしまった。眞鍋が誇る特攻隊長もおばちゃんパワーには敵わないらしい。

スモークを張った黒いセルシオは、猛スピードで眞鍋組のシマを走り去る。

運転席でハンドルを握っている長髪の男は、ドルチェ&ガッバーナのサングラスで顔を隠していた。眞鍋第三ビルの所有者が誰であるか、きちんと把握しているからだ。助手席の橋爪に重々しい口調で話しかけた。

「栄《さかえ》、サンキュ。助かった」

「橋爪、高くつくからな」

橋爪はアクセルを踏み続ける栄に対して、手でも感謝の念を表した。栄は橋爪の同業者で出張ホストだ。

「あれ？　あのバイクはショウじゃないか？　もう追いかけてきよった」

桐嶋の言葉通り、バックミラーには猛スピードで追いかけてくる一台の大型バイクが映っている。信号も標識も完全に無視していた。

「ショウってあのゾクにいたショウだろ？　無理だ。俺はショウをまけない」

暴走族時代のショウを知っているらしく、車の運転をしている栄は戦う前に白旗を掲げた。

「桐嶋、俺が囮《おとり》になる」

囮を買って出た橋爪に、桐嶋は礼を言った。

氷川を乗せた黒いセルシオは大きな駐車場に入る。

奥まった場所に停車していた銀のワゴンに氷川を運び、桐嶋は運転席に座る。中にあったドルチェ&ガッバーナのサングラスと帽子を身につけた。

橋爪と栄が乗る黒のセルシオはそのまま出口に向かう。その後をショウの真っ黒なハーレーが追いかけた。数秒後、清和の舎弟たちのバイクが十台以上、走っていく。

「もう、ええかな」

桐嶋は独り言を漏らすと、アクセルを踏んだ。

駐車場の外に黒いセルシオと大型バイクの影はないが、どこからともなく、パトカーのサイレンが響いてきた。

氷川が知らないうちに戦火は激しさを増していたようだ。言うまでもなく、意識を失っている氷川は己が置かれた状況を把握していなかった。

6

深い赤の天井に壁、幾何学的《きかがくてき》なデザインのライト、シーツの色は濃い緑、それらにまったく見覚えはないが、何があったのかは覚えている。壁にかけられているガラスのオブジェのような時計は十一時を示していた。眞鍋《まなべ》第三ビルから連れ去られた時、十時前後だったと記憶している。氷川《ひかわ》が意識を取り戻すと、桐嶋《きりしま》はモスグリーンのソファで東京の地図を眺めていた。

「……桐嶋さん？」

氷川が上体を起こすと、桐嶋はソファから飛び降りてベッドのそばに近寄った。

「姐《あね》さん、すみませんでした」

桐嶋はフローリングの床に両手をついて、謝罪した。

「桐嶋さん？　いったい？」

唐突な桐嶋の土下座に、氷川は面食《めんく》らってしまった。声をかけても、桐嶋は顔を上げようとしない。記憶にある限り、桐嶋はそんな殊勝な性格をしていないはずだ。

「桐嶋さん、顔を上げてください。まず、ここはどこですか？」

桐嶋は顔を上げると、氷川の質問に答えた。

「俺の連れの橋爪《はしづめ》の同業者の部屋です」

出張ホストである橋爪の同業者の部屋と言われれば、妙に納得するインテリアだ。すべてにおいて個性的というか、非常に変わっている。部屋の主《あるじ》のものか、氷川が着せられているシャツもズボンもどこか水商売の雰囲気が漂っていた。サイズは少々大きいが、見苦しいほどではない。

「組には関《かか》わるなと言われ続けている僕をどうするつもりですか?」

自分を大切に思ってくれている者がいる。だからこそ、氷川は自分の安全を第一に考えた。自分に何かあったら、愛《いと》しい清和《せいわ》が嘆き悲しむだろう。氷川は清和を嘆かせたくはない。

「決して危害は加えません。一度でいいから俺を信じてください」

信じろというほうが無理なのに、桐嶋は堂々と言い放つと頭を下げた。これまでの桐嶋を考慮すれば、どうしたって芝居だ。それでも、清和の権力外にいる今、桐嶋を怒らせるわけにはいかない。氷川は努めて優しい口調で言った。

「僕も桐嶋さんを信じたい。人を信じられなくなるほど虚しいことはないから」

「それ、藤堂《とうどう》かな」

どこか遠い目でポツリと漏らした桐嶋に、氷川は瞬《まばた》きを繰り返した。

「藤堂さん?」

「ああ、藤堂は人を信じられない可哀相《かわいそう》な奴なんです。あいつはずっと裏切られ続けてきたし、守ってもらえる人にも守ってもらえなかった。せめて、俺ぐらいあいつを守ってやろうと思います」

　誰であっても庇《かば》う橘高《きったか》以外、藤堂の肩を持つ人物に会ったのは初めてだ。およそ藤堂に似つかわしくない形容を聞いたので、氷川は自分の耳を疑った。

「藤堂さんが可哀相な奴？　初めて聞く。いったい……？」

「まず、俺と橋爪の命を助けてくれてありがとうございました。本来ならば東京湾に沈められても当然です。姐さんの度量の広さに感服しました。俺を姐さんの舎弟にしてください」

　桐嶋は改めて頭をフローリングの床に擦りつける。

　薄れていく意識の中、氷川に助けられたことはわかったらしい。桐嶋には氷川に対する感謝が溢《あふ》れていた。

「まぁ、それは……僕は医師として、人として、助けました。でも、いくら僕でも二度目は許しません」

　拉致《らち》られたのは二度目だが、それについては言及しない。しかし、氷川は黒目がちな目で桐嶋を真正面から見据えた。舎弟云々《うんぬん》という桐嶋の申し出には、コメントせずに聞き流す。

「わかっています、そういう姐さんだからこそ、俺は眞鍋組を助けたいと思いました」

桐嶋の目は一点の曇りもなくて清々《すがすが》しいので、氷川は引き込まれそうになった。

「眞鍋組を助ける？」

桐嶋の言い様はクソ生意気だが、だからこそ信憑性《しんぴょうせい》があった。今の氷川にとっては縋《すが》りつきたいフレーズでもある。

「藤堂組が長江《ながえ》組の傘下に入るそうです。眞鍋組は長江組系藤堂組……いや、長江組に潰《つぶ》されます。そうなったら姐さんの大事な組長もただではすみません」

国内随一の長江組は巨大すぎて眞鍋組とは比べようもない。充分ありうる未来を予想されて、氷川は胸が締めつけられた。

「……っ」

胸を押さえた氷川に思うところがあったのか、桐嶋は勢い込んで言葉を重ねた。

「でも、眞鍋組には命知らずの男が何人もいます。姐さん、戦争なんて組のために死ぬ組員がいたほうが勝つんです。眞鍋組には腹にダイナマイトを巻いて藤堂組に飛び込む組員がようけおるやろう……っと、いっぱいいるでしょう」

興奮したのか、故郷《くに》訛《なま》りのイントネーションが桐嶋の口から漏れた。氷川にしてみれば標準語を喋《しゃべ》る桐嶋のほうが不思議だ。

「桐嶋さん、関西弁で構いませんよ」

氷川が軽く笑いながら手を振ると、桐嶋は照れ臭そうに頭を掻《か》いた。

「すんまへん、じゃ、お言葉に甘えて関西弁で喋らせてもらいまっせ。それでや、眞鍋組には組長のために自分から進んで死ぬ男がようけおるけど、藤堂組には組長のために死ぬ男は一人もおらへん。ドンパチの抗争になったら藤堂組が負けますわ。……う～ん、長江組のバックがあるから勝つかもしれんけど、確実に藤堂は死ぬ。間違いなく、眞鍋のヒットマンに殺される。藤堂は本物の極道がおる眞鍋の恐ろしさを知らへん。俺は藤堂を助けたいんや」

本心を吐きだしてすっきりしたという桐嶋に、氷川は好感を抱いてしまった。自分でもわけがわからないが、ショウや宇治といった不器用なくらい真っ直ぐな青年たちと同じ匂《にお》いがするのだ。

「腹にダイナマイトっていうフレーズは聞いたことがある」

氷川にしてみれば言語道断の所業だ。誰にも自爆させたくない。

「命知らずの極道、なんて今はもう絶滅の危機に瀕《ひん》しとおけど、おるところにはおるんやなぁ。眞鍋組はごっついわ」

桐嶋は昔《むかし》気質《かたぎ》の眞鍋組に感心しているようだ。

「眞鍋組には武闘派がいるからね。でも、藤堂組には長江組がバックについたんでしょう？　長江組が藤堂さんを守るんじゃないの？」

「長江組にとったら組長は誰でもええんや。それこそ、藤堂やのうてもっと扱いやすい組長がええんちゃうかな。若頭の弓削《ゆげ》とか」

桐嶋がなんとも形容し難い表情で右手を振ったので、氷川もコクコクと頷いた。

「そういうことか。藤堂組の弱さは僕も聞いた。敵は藤堂さんだけだって」

「ああ、そうや、藤堂組で切れるのは藤堂だけ、組を回していたのも藤堂や。あそこまで孤独やと哀れやで」

氷川は藤堂に同情するつもりはまったくなかったので、一言で切り捨てた。

「自業自得《じごうじとく》」

桐嶋はコーヒーテーブルに惣菜《そうざい》パンや菓子パンを載せると、缶のコーヒーとともに氷川に勧めた。氷川は礼を言ってから、卵とトマトを挟んだライ麦パンに手を伸ばす。

「自業自得って、外から見たらそうかもしれへん。けど、あながちそうでもないんや。でも、今回の件、カタギの姐さんに手を出したのはすまんかった。俺、姐さんは単なる組長の愛人やって聞いていたんや。ちゃんとした姐さんとして扱われているなんて知らへんかった。知っとったら引き受けてへんし、藤堂も止めとった。改めて詫《わ》びます、申し訳ありませんでした」

ほんの五日前、桐嶋は藤堂に請われて上京したばかりだという。東京に慣れていないばかりか、状況も満足に把握していない。

「今回のこと、仕掛けてきたのは藤堂さんだからね」

「そや、藤堂が焦りやがった。あいつにしたら珍しいチョンボや」

桐嶋も今回の藤堂の所業には腸《はらわた》が煮えくり返っているらしく、スモークサーモンを挟んだベーグルを憎たらしそうに齧《かじ》った。

桐嶋に釣られたわけではないが、氷川もツナを挟んだライ麦パンを勢いよく咀嚼《そしゃく》する。

「藤堂組は汚い手ばかり使う」

「そうや、そうせえへんと、藤堂組を回していかれへんもん。組員がアホばっかで使いもんにならへん。でも、そないなアホでも使わんと誰もおらへんようになるんやって」

藤堂組の使えない構成員たちを瞼《まぶた》に浮かべているのか、桐嶋の顔もベーグルを持つ手もぶるぶる震えた。

「そんなんだったら、藤堂さん、ヤクザなんかやめればいいのに」

氷川はなんとはなしに言ったが、桐嶋が明るい顔で同意した。

「そうや、俺も同じことを考えていたんや。姐さんとは気が合うわ」

「え……？」

「藤堂を引退させるから助けてほしいんや。姐さんの大切な組長はもちろん、ほかの組員の血も流さへん。姐さんにとっても悪い話ちゃうやろ？　乗ってくれへんか？　藤堂さえ引退すれば今回の戦争は終わるで」

桐嶋に冗談を言っている気配はないが、現実性がまったくない計画だ。あの藤堂が引退するとは思えない。

「そりゃ……そりゃ、そうなったらいいけど、無理だと思う。どうやって藤堂さんを引退させるの？」

「藤堂は俺に任せてください。必ず、俺が引退させます。問題はその前のことなんや。いつ眞鍋組のヒットマンが藤堂に飛ぶかもしれへん。藤堂が引退するまで、俺と一緒にいてくれへんか。姐さんが俺の手の中におったら、眞鍋組も思い切ったことはできへんはずや」

桐嶋を信じたいが、信じられない。桐嶋が信じられないが、信じたい。氷川の心の中で葛藤《かっとう》が渦巻いた。

返事ができずに押し黙っていると、桐嶋は口の周りについたパン屑《くず》を拭《ふ》いてから頭を下げた。

「姐さん、俺ひとりじゃ藤堂も眞鍋も止められへんのや。協力してください」

藤堂の卑劣さを聞いているだけに、氷川は首を縦に振ることができない。

「僕を人質《ひとじち》にしたら眞鍋組がどう出るかな？」

「姐さんを人質に取ったら眞鍋組は手も足も出ぇへんと思う。そんくらい大切にされとる姐さんや」

「その間に藤堂さんが眞鍋組を潰すかもしれない」

氷川が可能性の高い未来を口にすると、桐嶋は悲しそうな表情で首を振った。

「眞鍋組がそんな甘い組やったら藤堂は焦らへんかったし、俺もこないな話を姐さんに持ちかけへん。第一、眞鍋組が解散に追い込まれても、眞鍋の組長が死んでも、次から次へとヒットマンが藤堂めがけて飛ぶわ。それが本物の極道がおる眞鍋や。俺は藤堂を助けたいからこうやって頼んどんや。信じてぇな」

桐嶋の言うことにも一理あったし、現実味を帯びていた。確かに、眞鍋組もそうそう甘い暴力団ではない。眞鍋組が解散しても藤堂を敵として狙う輩《やから》がいるのも頷《うなず》ける。

「僕、戦争をやめさせたい」

「俺もや」

「戦争反対の人、桐嶋さんが初めてだ」

抗争に反対した唯一の者が藤堂の手先となった桐嶋なので、その皮肉に氷川は苦笑を漏らしてしまう。

「姐さん、桐嶋元紀《もとき》、一生のお願いや。俺を信じてください」

ガバっと頭を下げた桐嶋に、氷川は迷いながらもとうとう頷いた。もう、頷くしかなかったのだ。

「桐嶋さん、裏切ったら僕は化けて出るからね。僕、自慢じゃないけど執念深いから」

氷川が思い切り凄《すご》んだ時、桐嶋の携帯の着信音が鳴った。

「もしもし、俺や……ああ、ああ、そりゃやべぇ。わかった、逃げるわ。サンキューな」

桐嶋は携帯をズボンのポケットに入れながら立ち上がった。サングラスをかけて帽子を深く被ると、流線形のチェストに置かれていた車のキーを手にする。

「桐嶋さん？」

「眞鍋組の追っ手や。今、眞鍋に捕まるわけにはいかへんのや。一緒に逃げてください」

桐嶋に手を取られて、氷川は立ち上がった。

「眞鍋組の追っ手？」

「ここがバレるなんて、さすがやな」

称賛の口笛を吹いた桐嶋に促されて、氷川はアロマの香りが漂う部屋から出た。エレベーターで地下の駐車場に下りると、小型のモニター画面があって、マンションのエントランスに入っていく祐《たすく》の姿が映っていた。祐の背後には屈強な男たちが続いている。

「……祐くんだ」

ここで祐に助けを求めたほうがいいかもしれない、という考えが氷川の脳裏を過《よ》ぎる。

だが、桐嶋はとても無邪気というか屈託がなくて、爽やかな笑顔でモニターについて説明した。

「ああ、ここはちょっとヤバげなお兄さんたちがようけ住んどうから監視カメラをしかけとるんや」

桐嶋は氷川の内心にまったく気づいていない。

「ヤバイ方？　ヤクザ？」

「ヤクザちゃうけどいつ女に刺されてもおかしくない男や。姐さん、乗ってぇや」

氷川は桐嶋とともに駐車場に停めてあったグレーのワゴンに乗り込む。車内に長い髪の鬘《かつら》があったので仰天したが、氷川はすんでのところで声を抑えた。

「姐さん、行くで」

桐嶋は一声かけてから、グレーのワゴンを発進させた。


秋の街を二十分近く走っただろうか、雑居ビルが建ち並ぶ一角に入る。目的地が目と鼻の先に迫っているらしく、桐嶋がハンドルを右に切りながら言った。

「姐さん、もうすぐやで」

「藤堂組関係のところ？」

「いや、藤堂とは無関係の橋爪の同業者のヤサや。今、藤堂のところに行っても利用されるのがオチや」

藤堂の前に行くのは仕込みをしてから、と桐嶋はどこか寂しそうに言った。藤堂の恐ろしさを熟知しているからだろう。

「藤堂さんなら僕を利用するだろうね」

「そうや……あれ？　姐さん、隠れてください」

氷川は言われた通り、助手席の下に身体《からだ》を沈めた。車窓にスモークを貼《は》っているが、それで万全というわけではない。

細長いビルの前に高級車が三台並び、体格のいい男たちが集まっている。その中心にいるのは、地味な色のスーツに身を包んだサメだ。煙草《たばこ》を銜《くわ》えたまま、辺りに目を光らせていた。

ここでいきなり道を変えても、スピードを上げても怪しまれるし、運転手の桐嶋が俯《うつむ》いてもおかしい。

眞鍋組の構成員たちが陣取るビルの前を通り抜け、細い横道に入った時、桐嶋はスピードを上げつつ大きな溜め息をついた。

「なんで、あそこに眞鍋の手が回っとんや……あ、姐さん、もうええで。しんどかったやろう、すんまへん」

氷川は恐る恐る顔を上げると、助手席に腰を下ろした。

「誰がいたの？」

「ほら、あの普通のリーマンみたいなサメっちゅうのがおりました。橋爪関係なのになんでバレとるんやろ。さすがと言うべきなんかな」

眞鍋組の機動力に桐嶋は舌を巻いているようだ。

「橋爪くんのことも調べていたからね」

「まさか、橋爪の関係者まで調べとんのか？」

氷川はサメが用意したデータのすべてに目を通したわけではないが、橋爪に関しては少なかったような覚えがある。その反面、桐嶋についての資料は大きなクリップで留められていた。

「そこまではわからないけど、桐嶋さんのことはたくさん調べていた」

桐嶋は高速に入ると、スピードを上げた。

「そうやろな、どこら辺まで調べとったんですか？」

「長江組の元組員とか、組長の奥さんに手を出したとか、落とし前のお金を用意したのが藤堂さんとか、伝説のヤクザの息子とか……花桐《はなぎり》さんの息子さん？」

二十七歳の若者の人生は、およそ平凡という言葉からかけ離れていた。それでも、親の顔も知らない氷川と違って、桐嶋の両親ははっきりしている。

「花桐はオヤジの通り名で……伝説のヤクザぁ？　東にそないな噂《うわさ》が流れとるんかいな。あれは伝説のヤクザじゃなくて単なるアホや、アホの中のアホっ」

いい極道だったが、いい父親でもなければいい夫でもなかった。組のためだったが、刑務所に入っているほうが長いので、桐嶋は父親の顔もろくに知らなかったという。母親は心労で早死にした。渡世には掃いて捨てるほどよくある話だ。

「桐嶋さんのお父さん……」

氷川は竜仁会《りゅうじんかい》の会長から聞いた死に様を想像しただけでぞっとしたが、桐嶋はあくまで淡々としていた。

「眞鍋におる橘高顧問や安部《あべ》さんもやるやろな。あのリキっちゅう奴もサメっちゅうのもショウもダイナマイト人間やんで」

「そんなの、絶対にさせない」

「姐さんやったらそうやろな」

高速から下りると、ナビが示す通りの道を進んだ。目的地が目と鼻の先に迫っているらしい。

「ここは大丈夫やと思うんやけど、姐さん、念のために隠れていてください。後ろのほうがええかな」

「うん、後ろのほうがいい」

桐嶋が車を停止させると、氷川は助手席から移動した。もちろん、車の中でだ。そして、座席の下に身体を沈める。

「ほな、行くよって」

桐嶋はアクセルを踏んで車を発進させ、ナビが導いた通り右折した。どこでもよく見かける街を走っていく。

「うっ、ここもや……」

目的地であるタイル張りのビルの前には、眞鍋第三ビルの駐車場で見たシボレーの黄色のコルベットとロータスの赤いエリーゼが停まっている。入り口付近にそれとなく立っているのは宇治《うじ》と信司《しんじ》だ。おそらく、白いワゴンには大勢の構成員たちが詰めている。

桐嶋は冷静に眞鍋組の構成員たちの前を通り過ぎた。誰も気づかないらしく、追ってくる気配はない。

高速にふたたび乗った時、桐嶋は額に浮かんだ脂汗《あぶらあせ》を手で拭《ぬぐ》った。

「眞鍋組、マジにごっついな。眞鍋はホスト関係も強いんかいな」

「桐嶋さん、もういい？」

氷川が後部座席の下から尋ねると、桐嶋は笑顔で答えた。

「はい、もうええですよ」

桐嶋は新たな住所をナビに打ち込んで確認している。氷川は運転席で唸《うな》っている桐嶋に声をかけた。

「桐嶋さん、どうしたの？」

「悪い予感がしよる。ここも手が回っとるかもしれへん。あっちにしたほうがええんかな?」

桐嶋が迷っていることはわかるが、氷川には答えようがなかった。

「あっちって言われてもわからない」

「全然指名がない出張ホストと客からのクレームが一番多い出張ホスト、どっちがええと思いますか?　二人とも性格はええんです。頼りになる奴やって」

桐嶋本人はとても真剣だが、氷川は頭が痛くなってしまった。

「……答えられない」

「近いほうにしよか」

桐嶋は指名が入らない出張ホストの住所をナビに入れて、指示通りに大きな車道を進んだ。

しかし、その付近に近づいた途端、桐嶋は低い雄叫《おたけ》びを上げた。

「姐さん、隠れてぇや」

氷川は即座に後部座席の下に潜り込んだ。

「ショウのバイクが停まっとう……あ、植え込みに蹴り入れとうで」

目的場所であるマンションの植え込みに、ショウは怒りをぶつけていた。目の前で氷川をさらわれたのだから、荒れていて当然だ。

氷川はショウを安心させてやりたくてたまらなくなった。

「桐嶋さん、いっそのこと清和くんと話し合ってみたら」

「無理」

取り付く島もないので、氷川は形のいい眉《まゆ》を顰《ひそ》めた。

「清和くん、そんなに話がわからない男じゃないよ」

「姐さん、まだほんのガキのくせに、どうして姐さんの大事な清和くんが眞鍋の頭をはってられんのかわかっていますか？」

清和の腹心たちが有能で素晴らしいことは、氷川もよく知っていた。

「清和くんの周りがいいから」

「それもある、それもあるんやけど、眞鍋の昇《のぼ》り龍《りゅう》もごっついで。きつい。半端やない。徹底しとう。今、眞鍋の組長の前に顔を出したら、その瞬間、俺は撃ち殺される。きっと蜂《はち》の巣《す》や」

夜叉《やしゃ》と化した清和を知っているからか、邪魔者は消すという清和の評判を知っているからか、桐嶋の評価は厳しい。だが、清和を非難している気配は毛頭なかった。

「まさか、いくらなんでも」

絶対ない、と氷川は断言できなかった。知らなかった清和の一面に触れて驚愕したのはほかでもない氷川である。今回は氷川も問答無用で監禁部屋に閉じ込められた。

「そういう男やから眞鍋の昇り龍として一目置かれとるんやんか。眞鍋の組長に会うんやったら、まだ藤堂に会うたほうがマシや。とりあえず、顔を見た途端、撃ち殺されることはあらへんから」

桐嶋の顔に脂汗がだらだら流れているので、氷川は目を大きく見開いた。よく見ると、やけに顔色が悪い。今さらながらに桐嶋が負傷していたことに気づく。肋骨《ろっこつ》も何本か折れているはずだ。

「桐嶋さん、傷が痛むの？　どう考えてもまだ絶対安静だと思う」

「自業自得の傷なんで心配せんでええです」

桐嶋は氷川に手を出したことを、心の底から悔やんでいるようだ。

「ちょっと休んだほうがいい。……あ、そこで停めよう。僕、車の運転ができないから替わってあげられないんだ」

「人目につくのはヤバイ。でも、確かに、ちょっと休ませてください」

桐嶋は顔を流れる汗を手で拭うと、高速に乗った。

7

高速を下りると、都会とはかけ離れた寂しい場所に出た。工場や物流センターの建物がやたらと目につく。道を行き交う人は見当たらず、民家らしき一軒家もあることはあるのだがまばらだ。よく知っている場所らしく、桐嶋《きりしま》はナビを見ない。信号が赤になり前を走っていた軽トラックが停車すると、桐嶋もブレーキを踏んだ。

「姐《あね》さん、眞鍋《まなべ》組は長江《ながえ》組と手を組む気はないんかな？」

なんの前触れもなく尋ねてきた桐嶋に、氷川《ひかわ》は車窓に広がる景色を眺めつつ答えた。

「たぶん、ないと思う。清和《せいわ》くんはどこの傘下にも入らないって言っていた」

眞鍋組と張り合っていた住吉《すみよし》組が竜仁会《りゅうじんかい》の傘下に加入して竜仁会系住吉組を名乗り、岩鉄《いわてつ》一家の看板はいつの間にか尾崎《おざき》組系岩鉄一家だ。今はそういう時代なのである。眞鍋組のように、どこの系列にも属さない一本立ちした暴力団は珍しかった。

ちなみに、東日本は尾崎組と竜仁会の巨大勢力が二分している。次いで、清条会《せいじょうかい》、世《せ》良田会《らだかい》、東月会《とうげつかい》、と続く。

「長江組は闇社会《やみしゃかい》の一本化を計画しているんや。そのためには、日本の中心を手に入れんと始まらへんから、藤堂《とうどう》組より眞鍋組のほうが長江組は欲しいと思うで？」

眞鍋組が長江組の傘下に入れば、戦況はガラリと変わる。それこそ、薬屋の藤堂組は長江組に捨てられることになりかねない。桐嶋の手段は有効だが、主義を持つ清和には無理だ。

「無理だと思う。それにしても長江組に詳しい？　……あ、元長江組の組員だったよね」

氷川が桐嶋の過去を口にすると、車内の温度が心なしか下がったような気がした。桐嶋の表情を察するに気のせいではない。

「オヤジを見とうからな、ヤクザになる気なんてなかったのにヤクザになってもうた。やっぱりヤクザになんかなるんやなかったってごっつう後悔した」

桐嶋はヤクザを嫌っているわけでも憎んでいるわけでもない。かといって、ヤクザを好んでいるわけでもない。ヤクザに対する複雑な桐嶋の感情を、氷川はひしひしと感じた。

「組長の奥さんに手を出して破門されたんだよね？　そんなに組長の奥さんが好きだったの？」

氷川が長江組を破門された理由を言うと、桐嶋は自嘲気味《じちょうぎみ》に笑った。

「……ん、めっちゃ綺麗《きれい》やったで」

信号が赤から青に変わったので、桐嶋は車を発進させる。黄色くなり始めた木々の葉が舞い散る細い道を進んだ。

「今でも好きなのか？」

氷川が瞬《まばた》きを繰り返した時、廃墟《はいきょ》と化した建物の中で車は停《と》まった。

「姐さん、ここでちょっと休ませてぇや。こう見えてここには電気も電話も通っとうから……ま、無断で引いているんやけどな。ここで作戦を練り直します」

老朽化した建物というより建設途中で投げ捨てられた建物のようだ。入り口はあってないようなもので車が自由自在に行き来できるし、天井も壁も打ちっぱなしのコンクリートが剝《む》きだしで、窓にガラスは一枚も入っていない。

「……ここは？」

氷川は車窓の外の光景をまじまじと見つめた。

「俺と藤堂が初めて上京した時のねぐらや。あの頃のままで残っとうなんてびっくりしたで」

桐嶋は懐《なつ》かしそうに微笑《ほほえ》んだが、氷川は仰天して目を見開いた。

「……こんなところで暮らしていたの？」

窓ガラスがないところで雨露は凌《しの》げるのか、冬は寒くて凍死するのではないか、不衛生ではないのか、と氷川の思いが心の中でグルグル回る。高級ブランドの白いスーツを粋に着こなしている藤堂のかつての住居とは到底思えないが、この場所で桐嶋と寝泊まりしていたのだろう。

「今から十年前のことや、俺は十七、和《かず》……藤堂は十九やった。藤堂はええとこのボンボンやったから、親が捜索願を出しよったんや」

「藤堂さんは僕と同じ歳《とし》なんだよね。年上だと思ってた」

藤堂が自分と同じ二十九歳と知り、氷川はひたすら驚いたものだ。若いとは思ったが、藤堂の雰囲気は二十代のものではない。

「反応するのがそこですかいっ」

けらけらと楽しそうに桐嶋が笑ったので、氷川も満面の笑みをたたえた。

「若いっていっても清和くんより十歳も年上なんだから、もう少し考えてくれればいいのに」

「眞鍋の組長は藤堂が欲しいものを全部持っとった。喉《のど》から手が出るほど欲しがったもんまで取った。ほら、あの鉄砲玉のショウは藤堂が狙っとったんやで？　藤堂がショウを手に入れてたら、こないなことにはならんかったと思うわ」

桐嶋が哀しそうに言った時、目の前にアルファロメオの赤い１６６が現れた。運転席でハンドルを握っているのは京介《きょうすけ》で、助手席から身を乗りだしているのはショウだ。ショウの手には鈍く光るサイレンサーが握られている。

「やべっ」

桐嶋は慌てたが、すでに遅かった。

ショウはグレーのワゴンのタイヤをサイレンサーで次々に撃ち抜く。それから、運転席に銃口を向けた。

「ショウくんと京介くんだけかな？」

氷川が辺りを見回しながら言うと、顔を歪《ゆが》めている桐嶋も同意した。

「……みたいやな」

「ショウくんと京介くんから逃げることは諦《あきら》めたほうがいいと思う」

すでにショウと京介はアルファロメオから降りて、ワゴン車の窓を叩《たた》いている。氷川がいなければ、車窓に鉛玉が撃ち込まれていたはずだ。

「俺もそう思うんやけどな」

「桐嶋さん、後ろに来て。一緒に降りよう」

意見の一致を見たが、氷川と桐嶋の取ろうとしている手段は違った。桐嶋は氷川を盾に逃げるつもりで、車内に置かれていたサバイバルナイフを手にする。

「じゃ、凶悪犯と人質《ひとじち》でお願いします」

「それは駄目だよ、逆効果だ。京介くんもいるから無理」

氷川は桐嶋からサングラスと帽子を取ると、彼の大きな手をぎゅっと握る。そして、そのまま外に出た。

秋の風が吹いて、地面に溜《た》まっていた砂埃《すなぼこり》が舞い上がる。

「先生っ」

ショウと京介が同時に叫び、桐嶋に飛びかかろうとしたので氷川は怒鳴った。

「ショウくん、京介くん、ちょっと待って」

京介は止まって氷川を確認したが、鉄砲玉の代名詞となっているショウは桐嶋の顔に目がけて拳《こぶし》を繰り出した。

だが、桐嶋もただではやられない。ショウの拳をすんでのところでかわす。

「この野郎、よくも先生をっ」

ショウの激しい蹴《け》りを、桐嶋は咄嗟《とっさ》に摑《つか》んだ鉄板でガードした。動き回ったせいか、桐嶋のシャツが血の色で染まっている。

「地獄に叩き落としてやるっ」

ショウは桐嶋の襟首を摑むと固い壁に打ちつけた。不気味な音が辺りに響き渡る。

「ショウくん、やめて」

氷川が身体を曲げながら怒鳴ったが、頭に血が上っているショウには届かない。桐嶋のシャツから血が滴り落ちた。

「先生、どういうことですか？」

守るように隣に立った京介に、氷川は胡乱《うろん》な目で詰問を受けた。

「桐嶋さんは初めての戦争反対者なんだ。戦争はさせたくない……って、もう始まっているんだよね、戦争を早く終わらせたい。京介くん、お願いだからショウくんを止めて」

この場でショウを止められるのは京介しかいない。氷川は京介の腕を摑んで懇願したが、ぞっとするほど冷たい目で見つめ返された。

「まさか、竿師《さおし》にヤられたんですか？　そんなによかった？」

「そんなことあるはずないでしょう」

氷川が目を吊《つ》り上《あ》げている間にも、桐嶋の血は流れていく。怒り心頭のショウの攻撃に手負いの桐嶋は防戦一方だ。

「刺し殺してもいい竿師に先生が優しいので、疑うなと言うほうが無理ですよ。その竿師、西のホストの間でもいい仕事をするって評判らしいですし？　俺としては竿師をここに埋めたいんですけど？」

京介が右足だけで地面を軽く踏み鳴らしたので、氷川は真っ赤な顔で力んだ。

「僕には清和くんしかいない。それぐらい知っているだろう？　僕の頭の中を見たら清和くんしかないよ。覗《のぞ》いてごらん」

氷川が京介の襟首を摑むと、どこからともなくカラスの鳴く声が聞こえてきた。一羽だけでなく何羽もいるようだ。

カラスに制止されたわけではないが、氷川は京介の襟から手を離す。

「先生、どうやって頭の中を覗くんですか？」

京介は華やかな美貌《びぼう》を崩さずに、喉の奥だけで楽しそうに笑った。

「もう、なんでもいいから、ショウくんを止めて」

「先生に頼まれたらいやとは言えませんね」

数多《あまた》の女性たちを虜《とりこ》にした微笑を浮かべると、京介はショウの背後に回った。後頭部に強烈な一発を入れた後、回し蹴りでショウの身体を鉄柱に打ちつける。

「……っ」

ショウは低い呻《うめ》き声《ごえ》を漏らして地面に倒れ込むと、ピクリとも動かなくなった。コンクリートの塀に止まったカラスが、京介の強さを称《たた》えるように鳴く。

京介の見事な早業《はやわざ》に、桐嶋の目は点になった。

「ジブン、綺麗な顔してんのにごっついな」

「ショウの回復力はすごい。悠長なことはしていられないぜ?」

京介は星が浮かんでいるような綺麗な目を細めて、ショウの驚異の回復力について語った。

「恩に着るで、今のうちに逃げるわ」

氷川の腕を摑んで勢い込んだ桐嶋の前に、静かな迫力を漲《みなぎ》らせた京介は両手を広げて立ちはだかった。

「待て、先生を連れていくことは許さない。ショウが目の前で先生をかっさらわれてどれだけ狂ったと思う?　俺にとっても大事な先生なんだ」

哀惜《あいせき》を含んだ京介の口ぶりから、ショウの激昂《げっこう》と後悔が容易に想像できる。おそらく、眞鍋組全体に激震が走ったのだろう。氷川は京介と桐嶋の顔を交互に見つめて、大きな溜《た》め息《いき》をついた。

「眞鍋にも悪いようにはせえへん。せやから、今だけ見逃してぇな」

桐嶋は目の前でお願いのポーズを取ったが、京介は鼻で笑い飛ばした。

「藤堂の息がかかった竿師の言葉を信じる馬鹿《ばか》がどこにいる？」

「そこにおんで？」

桐嶋が氷川を指で差すと、京介は秀麗な顔を派手に歪《ゆが》めた。

「先生……この竿師の最低ぶりを知らないんですか？　元々藤堂は腐っていたと思いますが、お坊ちゃまの藤堂が道を踏み外したきっかけは、桐嶋と関《かか》わったからという可能性が高い。サメさんはそういう見解を出しましたよ」

藤堂と桐嶋の生まれ育ちを考慮するに、サメの考えは否定できない。桐嶋にそそのかされて藤堂が家を出たという説がもっとも有力だ。

しかし、氷川にはどうしても桐嶋が悪い男には思えない。病院で接した桐嶋には胡散臭《うさんくさ》さを感じたが、素顔の彼にはショウと同じ匂いがしてならないのだ。

「藤堂さんはいいところのお坊ちゃまだって聞いたけど、桐嶋さんは中学校もろくに通わなかった不良少年だったとか……それは僕も知ってたけど」

「そうです、藤堂は正真正銘の良家のご子息で、素行の悪い桐嶋に金を取られていたそうですよ」

金を巻き上げるならともかく金を巻き上げられる藤堂が、氷川には想像できない。もちろん、金を巻き上げる桐嶋ならば容易に想像できる。それでも、桐嶋から清々しいまでの純粋さを感じてしまうのだ。

「藤堂さんと桐嶋さんて……」

氷川が惚《ほう》けた表情で桐嶋に視線を流すと、当の本人は懐《なつ》かしそうに目を細めて過去を語りだした。

「そうや、初めて和をカツアゲ……ああ、和って藤堂のことなんやけどな。初めて和をカツアゲしたんはあいつが十七、俺が十五の時やった。お坊ちゃま高校の制服を着て優しい顔をしとった和を狙《ねら》ったんやけど、怯《おび》えもせずに金を出しよったで」

がはははは～っ、と桐嶋はどこぞのオヤジのように豪快に笑い飛ばした。

「……藤堂さんが怯えもせずに金を出した？」

関西屈指の名門私立高校の制服に身を包んだかつての藤堂は、ナイフのように尖《とが》っていた桐嶋に優しく微笑《ほほえ》むと財布を取りだした。

『お小遣いがなくなったのか？　いくら欲しいんや？』

予想外の藤堂の言動に、桐嶋は拍子《ひょうし》抜《ぬ》けしたという。それでも、貰《もら》うものはきっちりと貰った。何しろ、当時の桐嶋には生活費が一銭もなかったのだ。父親の花桐《はなぎり》は死んだ後で頼る者は誰もいなかったし、すでに学校にも通っていなかった。

「カモやと思て、それから何度も金をせびったわ。俺の身の上を聞いたら、家に呼んでメシを食《く》わしてくれるようになった。お坊ちゃまは気前がええ」

藤堂の優しさか気まぐれか理由はわからないが、桐嶋は彼からの恩恵で悪事に手を染めることはなかった。

『元紀《もとき》、お金を人から巻き上げるのはあかんことや』

『わかっとうよ』

『これからの身の振り方を真面目《まじめ》に考えへんか』

藤堂はふらふらしている桐嶋の将来を真剣に案じたという。そのつど、桐嶋は藤堂の心を突っぱねた。

『学校なんかに行く気はあらへん』

桐嶋は暴力団からスカウトもあったが、断固として断った。藤堂もヤクザになることは反対していた。

『元紀、暴力団の人がまた来たのか?』

桐嶋のポケットに万札を詰め込むのは、長江組の若頭である大原《おおはら》だ。伝説の花桐の息子が欲しくて仕方がないらしい。

『ああ、長江組の大原さんか。俺じゃなくてオヤジが気に入ったんや』

『ヤクザはやめたほうがいい』

『わかっとうよ、ヤクザになるつもりはない』

桐嶋は空腹に耐えかねると、藤堂のところに転がり込んだ。藤堂は桐嶋が現れないと心配した。桐嶋を探して何度も危ない場所を歩いたという。

どう考えても辛い時代なのに、当時を語る桐嶋は幸せそうだった。

「俺が少年院にブチこまれるようなことをせえへんかったのは和のおかげや。あいつが腐っとった俺を助けてくれたんや」

藤堂と桐嶋の意外な過去を聞いて、氷川はひたすら驚いた。京介も予想していなかったらしく、目を大きく見開いている。

「それがどうして？」

氷川が続きを促すと、桐嶋は苦しそうな顔をした。

「学校に行く気がないならうちで仕事をしろって和に泣きつかれて、和のオヤジさんの会社で働きだしたんや。和のオヤジさんも会社の人もええ人やったで」

飲みすぎて終電を逃し、会社に泊まろうとした夜のことだ。

七階建ての会社をふと見上げると、屋上に誰かいるのがわかった。その瞬間、悪い予感が走った桐嶋は屋上に向かった。

そこで桐嶋が見たものは、父親が昏睡《こんすい》状態の息子を屋上から落とそうとしている地獄絵図だった。

『社長、何やっとんやっ』

桐嶋は社長である藤堂の父親に殴りかかった。そして、ぐったりしている藤堂を抱えるとその場を去った。

父親に勧められて、藤堂は飲めない酒を飲んだらしい。当時の藤堂はワインを一口飲んだだけでも酔っ払って歩けなくなったのだ。おぼろげながらも父親に何をされたのか、藤堂はすべて覚えていた。

その日以来、藤堂が家に戻ることはなかった。優しかった良家の子息が変わったのは言うまでもない。

そこまで話し終えると、桐嶋はがっくりと肩を落とした。思いだすことすら耐《た》え難《がた》い光景なのだろう。

聞いている氷川も苦しくてどうにかなりそうだ。藤堂にそのような悲惨な過去があったとは夢にも思わなかった。

ずっと無言で耳を傾けていた京介も顔色を失っている。

「……ち、父親に殺されかかったの？　なぜ？」

氷川は掠《かす》れた声で反芻《はんすう》すると、桐嶋はくしゃくしゃっと髪の毛を掻《か》き毟《むし》った。

「社長以外誰も知らへんかったみたいやけど、会社は不渡りを出す寸前やったらしい。和の保険金を充てるつもりやったようや」

社長が大切な仕事で大きな穴を開けてしまった。それさえなければ会社の経営が傾くことはなかったに違いない。

会社と息子の命を天秤《てんびん》にかけた父親に、氷川の目が自然と潤んだ。

「保険金？」

氷川の涙目に引きずられたのか、桐嶋の目も赤くなり、鍛え上げられた身体が小刻みに震えた。

「そや、和は跡取りやったからようけ保険金がかけられとったんやって」

「藤堂はそれがきっかけで上京したのか？」

終始無言だった京介が初めて口を挟むと、桐嶋は鼻をすすりながら大きく頷いた。

「そうや、和はもう二度と家には帰らへんて言うとんのに、なんも知らへんオフクロさんは泣きながら迎えに来よるし……和もオフクロさんにはなんも言わへんかったけど、むっちゃ辛かったんやろな。和が東京に行きたいって言うから」

桐嶋が上京の理由を告げた時、地面に倒れていたショウが寝返りを打ったかと思うと起き上がった。

「桐嶋、ブッ殺すーっ」

意識を取り戻した瞬間、ショウは悪鬼と化して桐嶋に飛びかかる。

「単細胞……」

京介は忌々《いまいま》しそうに呟《つぶや》くと、ショウの背後に回って抱え込む。そのままショウの身体を固い壁に向かって投げつけた。

「京介、お前……」

のろのろと起き上がったショウの腹部に蹴りを入れ、その横《よこ》っ面《つら》を張り飛ばした。仕上げは後頭部だ。

ドサッ、という音とともにショウが地面に突っ伏す。

京介は何事もなかったかのように、呆然《ぼうぜん》としている桐嶋に尋ねた。

「竿師殿、和坊ちゃんと一緒に上京したのに、どうして一人で関西に戻ったんだ？　話通りの世間知らずの和坊ちゃんなら、東京で一人にすれば危ないとわかっていただろう？」

氷川は京介の腕っ節の強さは知っていたが、実際に目にすると想像以上だ。言葉を失ってしまい、なんのコメントも出ない。

桐嶋は見間違いかと目を擦った。

「……ジブン、たいしたもんやな。ショウっていえば和が喉《のど》から手が出るほど欲しがった男やんけ……ああ、俺のことやな？　いやな、和と俺はヤクザにスカウトされたんや。俺はヤクザになるつもりはなかったんやけど、和がヤクザになるって言い張ったんや。大ゲンカして別れた」

桐嶋と藤堂が袂《たもと》を分かつことになった原因に、京介は澄んだ瞳《ひとみ》を曇らせた。

「そんな理由で？」

京介自身、ショウの眞鍋組入りに断固として反対した。きつい言葉も容赦なく浴びせたそうだが、毘沙門天《びしゃもんてん》の刺青《いれずみ》を背中に彫ったショウとの関係は変わらない。

「俺、東京が性に合わへんかったのもある」

東京が合わない、と寂しそうに明かした関西出身の同僚医師を知っているので、氷川はなんとなくだが桐嶋を理解できた。

「結局、竿師殿もヤクザになったくせに。それも長江組の大原組長の……当時は若頭でしたね」

「大原さんに根性負けしたんや。もうずっと前から言うてくれた人やったから」

桐嶋は大原ならば命をかけてもいいと思ったという。口ではなんだかんだ言いつつ、桐嶋には父親と同じように熱い血潮が流れているようだ。

京介が口を開いて何か言いかけたが、桐嶋は苦悩に満ちた顔で続けた。

「俺、ヤクザになったのも後悔したけど、藤堂をほって関西に帰ったほうが死ぬほど後悔した。今、そのツケかもしれへん」

「桐嶋さん、藤堂を助けたいんですか」

京介の口調は敵とみなした竿師ではなく、年長者に対してのものに変わっていた。桐嶋に対する意識が変わったのだ。氷川は京介が抗争に反対していることにも気づいた。

「そうや」

「ならば、まず、その傷口をなんとかしたほうがいいですね」

京介の視線は桐嶋の血塗《ちまみ》れのシャツで止まった。

応急処置ならば氷川も施《ほどこ》せるが、そういったものが何もない。付近には薬局どころかスーパーマーケットさえ見当たらなかった。氷川は白い手で桐嶋の額に浮かんだ汗を拭《ぬぐ》う。

「姐さんの手って気持ちええな」

桐嶋が氷川の優しさに頰《ほお》を緩ませると、京介は華やかな美貌を曇らせた。

「先生、組長が気の毒なのでやめてあげてください。ショウが見たら暴れますよ」

ショウの気持ちを代弁した京介に、氷川は苦笑を漏らして、目前に迫った問題を口にした。

「そんなことより桐嶋さんだよ。桐嶋さん、傷、とても痛むんでしょう？」

「そうでもないで」

爽《さわ》やかに笑った桐嶋から負傷の大きさを感じ取ることはできないが、間違いなく激痛に耐えているはずだ。

「京介くん、桐嶋さんを病院に……は無理だよね。薬局を見つけて」

氷川がこれからのことを口にすると、京介は優雅に微笑むだけで返事はせず、桐嶋に確かめるように尋ねた。

「桐嶋さん、確認します。藤堂を引退させるんですね？」

京介の優美な微笑の裏に感じたものがあったのか、桐嶋は真剣な目できっぱりと言った。

「必ず引退させる」

「ならば、微力ながら俺も手を貸します。でも、桐嶋さんに手を貸すのではありません。桐嶋さんを信じた先生に手を貸すのだと思ってください。俺も戦争には反対していますから」

京介の申し出を聞いた瞬間、桐嶋はガバッと頭を下げた。

「なんでもええ、恩に着るで。俺は東京にはなんのツテもないんや」

桐嶋は京介の手をぎゅっと握って感謝を示す。

京介も照れ臭そうに目を細めると、桐嶋の手をきつく握り返した。そして、眞鍋組の手の内を告げた。

「ええ、それは眞鍋組もわかっています。ですから、出張ホストの橋爪さんの関係者を徹底的に調べたんですよ。うちのオーナーはヤクザではありませんが、橘高さんを尊敬しているので眞鍋組には無条件で全面的に協力するんです」

事態を重く見たジュリアスのオーナーの絶対的な命令で、京介はショウに同行することになった。

「なんでここがわかったんや？」

桐嶋が不思議そうに尋ねると、京介は右手を軽く挙げてにっこりと微笑んだ。

「ちょっと待ってください。こちらを先に片づけます」

京介は目を開けたショウの鳩尾《みぞおち》に右ストレートを決める。

「ぐっ……」

呻き声を漏らしたものの、ショウは立ち上がって桐嶋に頭突きを食らわす。桐嶋が後ろによろめいて、パンクしたグレーのワゴンにぶつかった。

なおも桐嶋に襲いかかろうとするショウに、京介が飛び蹴りを食らわす。

「おいっ、この爬虫類《はちゅうるい》っ」

信じられないといった風情のショウの顔面を殴り飛ばすと、京介は真上から見下ろすような口調で言った。

「表彰ものの単細胞男にはどんなに説明しても無駄だよな」

「……あ？　京介？　いったいどうしたんだ？　お前は俺が知っている京介か？　京介の皮を被った藤堂の手先か？」

ショウは京介を詰《なじ》りながらも、桐嶋への攻撃をやめなかった。氷川を奪い去った桐嶋への憎悪《ぞうお》は何があっても忘れないらしい。

「ショウ、悪く思うな」

一分もたたないうちに、苦笑を浮かべた京介の手でショウは地面に倒れた。少しの間、ショウは痙攣《けいれん》していたが、今はピタっと止まっている。

京介は掠り傷一つ負っていないし、呼吸も乱していない。

「京介くんもすごいけどショウくんもすごい。倒しても倒しても起き上がってくる……そういえば、そんな人形があったよね」

氷川が気絶したショウの傷を撫でながらしみじみと言うと、京介と桐嶋は声を立てて笑った。

京介はショウのポケットから財布と携帯電話を取ると、停めていた赤いアルファロメオの中に放り込む。

「先生、ここも長居は無用です。眞鍋組が血眼《ちまなこ》になって探していますから、早く乗ってください」

氷川のために後部座席のドアが開かれたので、京介のコロンがほのかに漂う車内に乗り込んだ。

運転席に京介が座り、サングラスと帽子を身につけた桐嶋が助手席に座った。ショウは地面に倒れたままだ。

「京介くん、ショウくんはあのままでいいの？　可哀相じゃないか？」

タクシーの一台も見当たらない辺鄙《へんぴ》な場所で財布も携帯も奪われたショウがどうするのか、氷川は不安になったが、アクセルを踏んだ京介は一笑した。

「あいつがそんなタマですか」

京介の後に桐嶋がショウについての見解を述べた。

「ショウは手錠をはめて鎖で繋《つな》いでおっても自力で抜けだすと思うで。ほんで、すぐに俺らの前にやってきて、姐さんを奪い返そうとするわ。あいつはそういう男や」

ショウの打たれ強さとしぶとさは驚異的だ。それは氷川にもよくわかる。

「先生、ショウの心配より組長の周りにいる舎弟たちを心配してあげてください」

京介はハンドルを右に切りつつ、ショウより同情すべき人物を口にした。

「まさか、清和くんが舎弟さんたちを怒ったの？」

舎弟を大事にする清和に限って、無用な暴力は振るっていないと信じている。けれども、豹変《ひょうへん》した清和を実際に見ているので可能性は否定できない。氷川が恐る恐る尋ねると、京介は切々とした声音で答えた。

「怒るどころか一言も詰らなかったそうです。いっそのこと怒ってくれたほうがいい、って舎弟たちが怯えていました。宇治《うじ》と信司《しんじ》なんて抱き合って男泣きしていましたよ」

京介がハンドルを握るアルファロメオは高速に入った。同じ風景が疾走するアルファロメオの車窓に続く。

高速を下りると、京介がハンドルを操る車は瀟洒《しょうしゃ》な高級住宅街を進む。そして、広々とした庭を持つ邸宅の高い門を潜った。

「先生、桐嶋さん、降りてください」

京介が氷川のために後部座席のドアを開けた。

「京介くん、ここは？」

氷川はアルファロメオを降りて、手入れの行き届いた庭を見回した。ハナミズキやカイドウの葉が色づきかけている。紅葉の季節が去り、幹だけになっても姿が素晴らしいペーパーバークメープルも植えられていた。玄関ポーチには茎を伸ばしたコニファーを中心にガーデンシクラメンをあしらった寄せ植えが飾られている。

「三ヵ月前までサメさんが恋人と暮らしていた家です」

一瞬、氷川は京介の言うサメが誰かわからなかった。だが、どうしたって清和の腹心であるサメしか心当たりがない。

「サメくんが恋人と暮らしていた家？　そんな家にどうして？」

予想だにしていなかったので、氷川は驚愕《きょうがく》のあまり転倒しそうになってしまった。隣に立った桐嶋が氷川の細い身体を支える。

「ショウが復活したら、俺の交流関係はすべてマークされるでしょう。まさか、サメさんの家にいるとは誰も想像しないはずです」

京介の大胆な発想に、氷川はついていけなかった。

「そ、そうかもしれないけど……」

「今現在、ここがベストです」

京介が南側の庭に向かったので、氷川と桐嶋もついていく。壁がピラカンサで覆われていてとてもロマンチックだ。ハートをかたどったアイビーとツゲを飾っている窓辺がやたらと可憐《かれん》で、サメの恋人だったという女性の好みが窺《うかが》えた。

「鍵《かぎ》がないので古典的な手段でお邪魔させていただきます。先生のお気に召さないかと思いますがお許しください」

京介は優雅に微笑むと、激しい蹴りで窓ガラスを割った。破片が四方八方に飛び散らなかったのは、綺麗な一撃で決めたからかもしれない。

「先生、桐嶋さん、玄関のドアを開けますから、玄関から入ってください」

京介は外から窓の鍵を開けて、部屋の中に入った。

「……京介くん」

問答無用の京介に氷川は何も言えなかったが、桐嶋は楽しそうに声を立てて笑った。

「ホンマに顔に似合わん奴やな。やるやんけ」

氷川と桐嶋が玄関に向かうと、京介がドアを開けて待っていた。

「お上がりください」

あくまで優美な京介に、氷川は感心するしかない。

邸宅の中は外観からイメージした通りの空間が広がっていた。すべてサメの元恋人の趣味なのだろうが、下駄箱もスリッパも電話台も夢に溢《あふ》れている。

「セキュリティは？　ここはどうなっとんや？　ここはなんもしとらへんのか？」

暴力団幹部であるサメの自宅ならば、二十四時間体制の警備システムに守られていてもおかしくはない。桐嶋がもっともな意見を述べると、京介は手を振りながら答えた。

「サメさんの元恋人がそういうのをいやがったんです。サメさんもプライベートは無頓着《むとんちゃく》なもんですよ。ここなら空き巣も楽に入れるでしょう。盗《と》られて困るようなものは一つも置いてないでしょうけどね」

ずっと閉め切っていた臭《にお》いが、家中に漂っている。床や壁、家具や装飾品にも埃《ほこり》が溜まっていた。ファブリックやカーテンなど、レモンイエローで統一感を出したリビングルームの天井には蜘蛛《くも》の巣が張っている。

「京介くん、今はここに誰も住んでいないの？」

氷川は犬の置物に溜まった埃を見つめつつ尋ねた。

「サメさんは眞鍋のシマにあるマンションで暮らしています。ここは恋人のために買った家なんですよ。恋人が出ていってから一度も帰っていないと思います」

京介はアメリカンタイプのソファに積もった埃をはたきながら答えた。

桐嶋は無言で部屋の窓を開けている。まず、ここで何よりもしなければならないことは換気だ。秋の木漏れ日が部屋に侵入し、埃が巻き起こる様子が目に見えてわかる。潔癖症の人物ならば鳥肌を立てる光景だ。

「元恋人……別れちゃったのか。サメくんも寂しいね」

「ああ、それはサメさんが悪いんですよ」

吐き捨てるように言った京介に、サメに対する同情は微塵《みじん》もなかった。

「そうなの？」

「ついでに言うと、サメさんの元恋人はショウの兄貴の嫁さんの妹さんです。だから、俺やショウは何度かここに呼ばれてメシを食わせてもらいました。料理上手で優しい女性でしたよ」

京介はリビングルームの奥にある部屋から救急箱を持ってきた。タオルと湯を張った洗面器も用意される。

「桐嶋さん、こっちに来なさい」

氷川は桐嶋をソファに座らせて、血と汗の染《し》みついたシャツを脱がせた。

「姐さんとお医者さんごっこは照れるわ」

桐嶋は照れ臭そうに頭を掻いた。もちろん、氷川はお医者さんごっこをしているわけではない。

「お医者さんごっこ、って何を言っているんだ」

むせ返る血の匂いに眩暈《めまい》がしたが、氷川は医師の目で凝視した。桐嶋の肋骨《ろっこつ》が何本折れていたのか不明だがギプスに異常はない。それでも、動き回らないほうがいいことだけは確かだ。

「桐嶋さん、絶対安静」

脇腹《わきばら》の傷は下手《へた》をすると化膿《かのう》する危険性が高い。しかし、肝心の桐嶋はあっけらかんとしている。

「こんなの、セロテープを貼《は》っておけば治ると思うんやけどな」

「セ、セロテープ？」

氷川が仰天して消毒液を零《こぼ》しかけると、着替え用のシャツを手にした京介が軽く笑いながら口を挟んだ。

「先生、セロテープ治療はショウもしていましたよ」

「ショウくんも？」

氷川は声を張り上げたが、桐嶋は楽しそうに声を立てて笑った。

「ゾク時代、ショウはチンピラと大ゲンカしてジャックナイフで刺されたんです。医者に行かず、セロテープを貼って治しました」

ショウならばやりかねない所業に、氷川は頭がくらくらした。目の前にいたら説教の一つもしていただろう。もちろん、氷川は桐嶋にセロテープ治療など施さなかった。

「桐嶋さん、もういいよ」

「おおきに、ありがとさんです」

治療を終えて、桐嶋はソファに置かれたサメのシャツに袖を通す。桐嶋は地味な色のシャツを身につけても雰囲気が変わらない。

冷蔵庫を覗いた京介は美貌を派手に歪《ゆが》めていた。

「それで……何か食べるものをと思ったんですが、冷蔵庫の中に何もありません。たぶん、サメさんの元カノが綺麗に掃除してから出ていったのだと思います。粉とか醤油《しょうゆ》とか砂糖とか塩とか胡椒《こしょう》とかカレー粉とかみりんとかオリーブ油とか昆布とか、なんかそういうのは残っているんですけど。……何か買ってくれればよかった」

現在の食材危機を桐嶋は明るく笑い飛ばした。

「ああ、それだけあればええやんか」

桐嶋の言葉に偽《いつわ》りはなく、小麦粉でうどんのようなものを手早く作った。蒸しパンもプレートに並べた。どれも素朴な味がして意外にも美味だ。サメの嗜好品《しこうひん》であるマンデリンの豆があったので、美味《おい》しいコーヒーを淹《い》れることができた。

「桐嶋さん、あれだけでこれだけ作れるのか」

パントリーやレンジの上から下まで食材を探して溜め息をついた京介は、桐嶋の腕に感心している。

氷川もコーヒー味の蒸しパンのほんのりとした甘さに感激した。

「そんなもん、俺はおぎゃあとこの世に生まれ落ちたその日から貧乏がセットでついとう男やで。小麦粉があれば暮らせる」

苦労を苦労だと嘆かない桐嶋には逞《たくま》しくて好感を抱く。氷川は今まで小麦粉がそんなに便利なものだと知らなかったので感心した。

「小麦粉……関西出身の女の子に白いご飯のおかずとしてお好み焼きを用意されて驚いたことがあります。味噌汁《みそしる》代《が》わりがうどんでした」

京介が女性客の一人の手料理を語ると、桐嶋は目を吊《つ》り上《あ》げて反論した。

「そんなもん、白い飯とお好みっちゅうのは定番やんか。味噌汁代わりにうどんがついとったら最高や」

桐嶋が力説する定番メニューが最高とは到底思えない。京介は頭ごなしに否定はしないが、怪訝《けげん》な目で尋ね返した。

「定番なんですか？」

「そや、白い飯のおかずが焼きそばっちゅうのも最高の定番や。焼きそばの代わりにたこやきもええで」

白いご飯のおかずが焼きそばだのお好み焼きだのたこやきだの、栄養のバランスが取れているとは百億積まれても言えない。氷川は京介と桐嶋のやりとりを医師の顔で止めた。

「炭水化物の摂《と》り過《す》ぎだから控えたほうがいい」

氷川のコメントに京介と桐嶋は声を立てて笑う。

「俺、栄養とか？　そんなん考えたこと一度もないわ。いっつもいっつも腹が空いとったから食えりゃよかった。公園に生えている草や花も食ったで」

どういうわけか、氷川は桐嶋のひもじい時代を聞くと幼い清和を思いだす。公園の草や花で飢えを満たそうとした小さな清和を、氷川は何度か止めたことがある。己の無力を思い知った時代でもあった。

「成長期に草や花を食べて、そこまで成長したのだから素晴らしい」

京介に不遇な少年時代を送った桐嶋に対する同情はなかった。ただ、不幸を不幸だと嘆かない清々《すがすが》しさに京介は称賛を贈っている。

「光合成の力かもしれへん」

ニヤリと笑った桐嶋に、京介と氷川の口元が自然と緩んだ。いい男だと、しみじみと思う。

桐嶋は口の周りを手で拭《ふ》くと、液晶テレビの電源を入れた。二時間ドラマの再放送からニュース番組に替える。青少年が起こした殺伐《さつばつ》とした事件は流れたが、暴力団組員による発砲事件はない。

「まだ派手なことはしていないようですね。……時間の問題でしょうが」

京介は食い入るようにテレビ画面を見ている桐嶋に声をかけた。

緊迫感が漂う京介の言葉を聞くと、何をしでかすかわからない鉄砲玉が氷川の脳裏を過《よ》ぎる。

「ショウくんが何かしでかさないうちに」

氷川が独り言のように呟くと、京介は最も重要なことを桐嶋に尋ねた。

「桐嶋さん、どうやって藤堂を引退させるのですか？」

「ん……現在の戦況はどうや？」

藤堂組と眞鍋組の現在の戦況は確かめなくてもわかっているはずだが、桐嶋は頬を掻きながら京介に聞いた。

「先生が桐嶋さんにさらわれたのですから、眞鍋組は思い切った手が打てません」

「藤堂組は？」

「藤堂組がどこまで掴んでいるのかわかりませんが、関西弁を喋る方と一緒に暴れていますよ？」

「ほな、先生は無事や、って眞鍋組に連絡を入れよか」

短絡的な桐嶋の提案を、京介は冷たい目で却下した。

「火に油を注ぐようなものです」

「そないに言わんでもええがな。ほら、あれや、藤堂組の若頭の弓削《ゆげ》を使うんや。あいつに藤堂組の二代目になれってけしかけるんや。連絡を取りたいんやけど、携帯の番号もわからへん」

携帯にしろ財布にしろ、桐嶋が身につけていたものは、すべて眞鍋組に取り上げられている。眞鍋第三ビルから脱出する時、それらを取り返す余裕はなかった。

計画性のない桐嶋に、京介はこめかみを押さえた。

「桐嶋さん……」

藤堂組の二番手に当たる弓削は、ほかの組員に比べたら優秀だ。実力以上に野心が大きいので、そそのかせばクーデターをやってのけるかもしれない。成功するとは限らないけれども。

「弓削に野心だけはあるんや。電話帳に弓削ンちの電話番号なんか載ってへんよな。藤堂と眞鍋に知られんように、弓削に繋ぎをとるにはどうしたらええんやろ」

思案顔の桐嶋は腕を組んでひとしきり唸った。

「藤堂を引退させることが無理なような気がしてきました」

氷川が言おうとした気持ちを、京介が美貌を歪ませながら口にした。桐嶋が口先だけの男とは思えないが、あまりにも呑気《のんき》というのか、計画性がなさすぎる。

「それは平気や、安心しとってぇな。必ず、和は引退させるよって」

桐嶋は辛辣《しんらつ》な言葉を向けられても、満面の笑みを浮かべていた。揺るぎない自信に満ち溢れている。

「だから、どうやって？」

「京ちゃんや、弓削と連絡をつけてくれへんか」

京ちゃんという呼び名か、桐嶋からの申し出にか、すべてにおいてか、どれが理由かわからないが、京介はお手あげとばかりに白い天井を仰いだ。

そんな京介に対して、桐嶋は大きな手を思い切り振る。

「和は俺が抑えておくし、眞鍋のヒットマンは姐さんが抑えてくれるわ。その間、弓削が長江《ながえ》組と顔を繋げばそれでＯＫやんか。長江組系藤堂組の二代目組長の誕生や。弓削やったら眞鍋に張り合うこともせぇへん。きっと、すぐに眞鍋に詫《わ》びを入れんで」

弓削に藤堂組を維持する力量がないことも、桐嶋は楽しそうにつけ加えた。

「まず、最初に確認したいのですが、藤堂はどうやって抑えるのですか？」

苛立《いらだ》ちを表現しようとしたのか、京介はテーブルを人差し指で神経質そうに叩いた。

「和？　ああ、俺がブチのめす。あいつは病院送りにしたらそれですむやんか」

桐嶋は藤堂を暴力で痛めつけて、入院させている間にすべてすませるつもりだ。短絡的という言葉すら氷川には出ない。

「穴がありすぎて何をどのように言えばいいのかわかりません。……ショウといるような気分になってきた」

京介は大きな溜め息をつくと、こめかみを押さえた。氷川と同じように、京介も桐嶋からショウと同じ血を感じたようだ。

「なんでもええから、弓削に繋ぎを取ってぇな。弓削を連れて大原《おおはら》組長のとこに行かなあかん」

「長江組を破門になったのは誰ですか？」

京介はこめかみを押さえたまま、桐嶋の立場をきつい口調で指摘した。

「京ちゃん、ジブンが大原組長に話をつけてくれ。若いのが好きやから喜ぶで」

「俺は単なるホストでヤクザじゃありません。第一、ヤクザであってもおいそれと長江組の大原組長に近づけませんよ。やっぱり、桐嶋さんは大原組長の奥方を強姦《ごうかん》していないんですね」

京介がズバリと言うと、桐嶋はココア風味の蒸しパンに齧《かじ》りついた。おそらく、答えたくないのだろう。

桐嶋は大原の妻である美玖《みく》に手を出して破門された。これは周知の事実である。だが、真実ではなかったのか、氷川は固唾《かたず》を呑んで桐嶋と京介を見つめた。

「西の大原組長は東でもいい極道だともっぱらの評判です。いい極道だと認められる男に姐さんの支えは必要です。無能な極道でもいい姐さんがいたらやっていける、とか？　大原組長は姐さんに恵まれていませんけど出世しましたね？」

極道において妻は大切なパートナーだ。悪妻と結婚したら出世できないとまで言われていた。ちなみに、男の世界にいっさい口を挟まず、黙々と尽くす妻が尊ばれる。清和の義母は姐御《あねご》の鑑《かがみ》とまで称されていた。

京介はじわじわと核心に迫っているのか、桐嶋は大きなタペストリーを眺めたまま蒸しパンを咀嚼《そしゃく》した。

「桐嶋さんに無理やり犯されたって騒いだ美玖さんは、大原組長の三人目の姐さんですよね？　大原組長とは父子《おやこ》ほど歳《とし》が離れているんですよね？　自分の夫が白髪《しらが》のオヤジなのに目の前には若くて逞しい男がいる。そうなれば、若い美玖さんがすることは決まっていますね。桐嶋さん、美玖さんに誘惑されたのでしょう」

京介がそこまで言うと、桐嶋は蒸しパンを飲み込んだ。

「でも、桐嶋さんは美玖さんの誘惑に乗らなかった。そうでしょう？」

京介は優雅な笑みを絶やさないまま、たたみかけるように言い続けた。

「……っ」

桐嶋が哀切を含んだ表情で髪の毛を派手に掻《か》き毟《むし》るので、氷川は痛々しくてたまらなくなる。ここまで聞けば誰が悪かったのか、確かめなくてもわかった。本能が告げた通り、桐嶋はショウと同じ魂を持つ男だ。

「美玖さんは面白くなくて、大原組長に大嘘をついたのでしょう？」

京介の推測がすべて当たっていることは、苦悩に満ちた桐嶋の表情でわかる。自分が姐という自覚はあまりないが、氷川は大原の妻である美玖に激しい憤りを感じた。それは決してしてはいけないことである。

「それ、誰から聞いたんや？」

桐嶋は観念したらしく、京介と視線を合わせた。

「誰からも聞いていません。桐嶋さんと一緒にいて、そう思ったのです。桐嶋さんはたとえどんなに美玖さんを愛していても、己が命を預けた大原組長の妻に手は出さないと」

京介が下した己の評価を聞いて、桐嶋は照れ臭そうに優しく微笑んだ。

「……二人目や、そう言うてくれたん」

「一人目は藤堂さんですか？」

「そや、あいつだけやったんや」

桐嶋は切ない目で墓場まで持っていこうとした秘密を語りだした。

長江組の大原は誰からも認められる極道だったが、一つだけ弱点があった。己の妻である。一人目は病気で早くに先立たれ、二人目はある日突然逃げられ、三人目は若さと美貌に一目惚《ひとめぼ》れして結婚した美玖だ。

大原は目をかけていた桐嶋を美玖付にした。桐嶋の最大の仕事は美玖の浮気の見張りである。眞鍋組で例えるならば、氷川に対するショウだ。

美玖は浮気こそしなかったが、桐嶋を身体《からだ》で誘惑しようとした。何度目かの誘惑に失敗した後、美玖はとうとう大原に言ったのだ。桐嶋に腕ずくで犯された、と。

大原は自分の妻である美玖の嘘に気づいている。だが、自分の妻を捨てることができなかった。第一、自分の妻に浮気されそうになったなど、男としてのメンツにも関《かか》わる。

結果、大原はあれほど見込んでいた桐嶋を捨てた。本来ならば桐嶋に落とし前として指を詰めさせる。もしくは、金を用意させる。

しかし、部屋住みだった桐嶋に金などあるわけない。

指を詰めようとした桐嶋に代わって金を用意したのが、東京で般若《はんにゃ》を背中に刻んだ藤堂だ。

「どこで俺の噂を聞いたんか知らへんけど、いきなり和が関西にやってきたんや」

良家の子息でもなければ父親に殺されかかった哀れな息子でもない。様変わりした藤堂に桐嶋は驚いたそうだ。

『和？　和だよな？　お前、老《ふ》けたな』

桐嶋の第一声に藤堂は形のいい眉《まゆ》を顰《ひそ》めたという。

『元紀《もとき》、そんなことを言っている場合じゃないだろう？　どうするつもりだ？』

『お前、なんで東京弁なんて喋《しゃべ》っとるんや』

『今からどこに行く気だ？　落とし前として指を詰めるのか？』

どうしてそんなことを藤堂が知っているのか、桐嶋は不思議で仕方がなかったが笑顔で答えた。

『詰めるしかないやんか』

『あんな女を庇《かば》うのか？　お前はあの女に手を出していないだろう』

何も言っていないのに、藤堂は真実を言い当てた。大原の手前、桐嶋は自分を弁護することはなかったが、誰も真実に気づいてくれる者はいなかった。庇ってくれる者もいなかったのだ。藤堂の言葉を聞いた瞬間、桐嶋の胸に熱いものが込み上げてきた。

『元紀、指を詰める必要はない。真実を話せ』

『カシラのメンツに関わるからそれはあかん。俺が落とし前をつけたらすべて丸く収まるんや』

『アホか、お前がそないなことをする必要はないんや』

思い余ったのか、藤堂の口から関西弁がポロリと漏れたので桐嶋は手を叩いて盛大に笑った。自分が知っている男に再会したような気がしたからだ。

『元紀、俺が話をつける。お前に指は詰めさせない』

『あかん、カシラに姐さんのことを言う気やろ。絶対にあかん。俺はもう覚悟を決めたからええんや』

それから、藤堂と桐嶋の間で果てしない言い合いが続いた。

『あ、そろそろ時間や。行かなあかん』

桐嶋が藤堂に背を向けると、鼻と口が白い布で塞《ふさ》がれた。

『と、藤堂……？』

腕っ節は強いが薬物にはてんで弱い。桐嶋はクロロホルムで意識を失い、その場に倒れ込んだ。

『俺に任せろ。お前にとっても大原さんにとっても悪いようにはしない』

桐嶋が意識を取り戻した時、ことはすべて終わっていた。桐嶋の名誉は汚されたままだが、指は守られたし、大原のメンツも守られていた。

「藤堂は桐嶋さんを助けるために大原組長に金を積んだのですね」

京介が藤堂の取った行動を口にすると、桐嶋は深く頷いた。

「藤堂が用意してくれた金で俺は指も詰めずにすんで、大原組長のメンツも保たれたんや」

どちらにせよ、桐嶋は破門だ。すでに桐嶋は長江組に仕える気もなくなっていたし、ヤクザにもほとほと愛想《あいそ》が尽きていた。

「桐嶋さん、大原組長のメンツなんて気にしなくてもいいのに」

正義感の強い氷川が清らかな美貌を歪めると、桐嶋は寂しそうに笑った。

「姐さん、俺やって男やもん。大原組長の気持ちはわかるよ」

「そんなの、わからなくてもいいから。でも、だからって、どうして竿師《さおし》？」

竿師という職業の選択が氷川には理解しかねる。

「なんや、馬鹿馬鹿しくなってもうたんや」

進もうとした道を美玖に閉ざされたゆえ、女を相手にする商売に手を染めたのかもしれない。男心もいろいろと複雑だ。

「藤堂さんは東京に来いとは言わなかったの？」

頼る者が一人もいなかった藤堂にとって、桐嶋こそが喉から手が出るほど欲しい人材だったはずだ。

「ヤクザは二度といやや、それは藤堂もわかってくれたんや。第一、俺は長江組を破門されたんやで？　そないな俺が藤堂組のバッジをつけることはヤバいなんてもんやないで」

「藤堂さんも結構いい方……ううん、全然いい人じゃない。けど、桐嶋さんにはいい人なんだね」

桐嶋から見える藤堂に氷川の心が揺れたが、慌ててその気持ちを掻き消す。藤堂の冷酷さと卑劣さを忘れてはいけない。

「本当はええ奴なんや」

桐嶋は左右の拳を固く握って力説したが、氷川は大きく首を振った。

「そればかりは賛成できない。清和くんの足ばかり引っ張って」

「そりゃ、和は眞鍋の組長が羨《うらや》ましゅうてたまらへんやろ。姐さんの清和くんは和が欲しかったもんを全部持っとるんやで？　和は自分が仕えた組長にも裏切られたんや」

悔しそうな桐嶋の口から、知られざる藤堂の過去が漏れた。藤堂が渡世上《とせいじょう》の親に裏切られたという説には京介が固まっている。そういった噂は今までに一度も聞いたことがないからだ。

「藤堂さん、金子《かねこ》組の組員だったとは聞いたけど」

氷川が見聞きした藤堂の過去について触れた。

「和は舎弟として金子の組長にめっちゃ尽くしたんやで。けど、和はあまりにも切れすぎたんや。出来すぎる奴は警戒される。おまけに、和は西の男やしな。始末されかかったんは和のほうや」

想像を絶することを桐嶋から聞かされて、コーヒーカップを持つ氷川の手が震えた。食うか、食われるか、そういう世界なのだ。

「まぁ、そないに和ばかり責めんとってぇな」

黙りこくった氷川をフォローするように、伏し目がちの京介が口を挟んだ。

「今までの眞鍋組に対する行動を考えたら無理というものですよ」

桐嶋はぬるくなったマンデリンを一気に飲み干すと立ち上がった。

「……ほな、もう行こか」

「桐嶋さん、どこに行くのですか？　都内全域、眞鍋組の目が光っていますよ。竜仁会《りゅうじんかい》や尾崎組のネットワークも借りているはずです」

時に暴力団の行動力は国家権力を遥《はる》かに凌駕《りょうが》する。今の状態で闇雲《やみくも》に動いても墓穴を掘るだけだ。

「藤堂のシマに行って、弓削と直接会う。弓削は組の金を使い込んどるんや。それを揺すったらイチコロやで」

桐嶋が堂々と胸を張っているので、京介はとうとうテーブルを叩いた。

「だから、それが自爆行為だと言っているでしょう。もう、俺が考えますから何もしないでください」

京介の迫力に怯えたわけではないだろうが、桐嶋はすごすごと引っ込むと氷川の隣にちんまりと座った。

京介が二階に上がり、書斎に閉じこもった。氷川と桐嶋は顔を突き合わせて待っているだけだ。二杯目のマンデリンが白い湯気を立てている。

「姐さん、なんかええ案があるかなぁ？」

氷川の案はすでに桐嶋に却下された後だ。

「ない……」

「眞鍋の組長がもうちょっと丸かったらな。そりゃ、姐さんの戦法もいけるかもしれへんけど」

「藤堂さんがひどすぎるからだ」

氷川はどうしたって清和の肩を持つし、桐嶋にしてみれば何があっても藤堂を支持するだろう。こんなところでも眞鍋と藤堂の抗争は勃発《ぼっぱつ》しかねない。

「ん……この話題は避けたほうがええわ。姐さんの可愛い顔が怖い」

氷川が何度目かわからない溜め息をついた時、京介が二階から降りてきた。

「俺の客でセレナっていうキャバクラ嬢がいます。藤堂組の弓削が口説き落とそうと躍起になっているみたいですね」

京介がそこまで言うと、桐嶋は手を叩いて盛大に褒め称えた。

「でかした、京ちゃんっ」

氷川も桐嶋と一緒に手を叩いて拍手をしたが、京介は苦笑を浮かべただけだ。

「セレナに弓削を呼びだしてもらいました。弓削の携帯の番号も聞きましたが、曲がりなりにも藤堂組の若頭ですから電話だけでクーデターは実行しないでしょう」

弓削も藤堂の恐ろしさを知っているからこそ、そう簡単に話には乗らないはずだ。桐嶋が実際に会い、話を通さないと信じてはもらえまい。それは一々説明されなくても氷川にすらわかる。桐嶋は俄然《がぜん》勢い込んだ。

「おっしゃ、わかったで。弓削はどこに呼びだされたんや？　ホテルとかサテンとかイタメシ屋とか、そういうところも眞鍋の手が回ってそうでヤバイんやろ？」

「セレナと弓削の待ち合わせ場所はホテルのティーラウンジになっています。時間になったらセレナに連絡を入れてもらって、弓削をティーラウンジから移動させます」

待ち合わせ場所を聞いて、桐嶋は口笛を吹いた。

「ホテルなんて聞きよったら、弓削は仕事をほってすっ飛んでいくわ」

「はい、弓削の鼻息はすごかったそうです。セレナは気味悪がっていました」

「おっしゃ、いけるでっ」

桐嶋がガッツポーズを取って、早々と勝利宣言をした。

京介は肩を竦《すく》めていたが、快濶《かいかつ》な桐嶋と一緒にいると氷川の心も不思議なくらい弾んだ。清和と争わせたくないと切実に思う。

換気のために開けた窓を京介が閉めて、意外にも律儀《りちぎ》な桐嶋がテーブルの上を片づける。

氷川がクローゼットに収められていたサメの帽子を被った時、桐嶋と京介は南の窓を見て同時に叫んだ。

「やばいっ」

カーテンが閉められている窓に何も感じないので氷川はきょとんとしたが、血相を変えた桐嶋に腰を摑まれて、ドアのほうへ移動させられた。

「桐嶋さん、どうしたの？」

氷川が胡乱《うろん》な顔で桐嶋に訊いた時、大きな窓ガラスが凄《すさ》まじい音を立てて割れる。レモンイエローのカーテンとともにカーテンレールが落ちたかと思うと、険しい顔つきのショウが飛び込んできた。まさに、鉄砲玉そのものだ。

「この野郎ーっ」

ショウの視界には氷川の細い腰を摑んでいる桐嶋しか入っていない。桐嶋に殴りかかろうとしたが、椅子を持ち上げた京介のほうが早かった。ショウの頭上に椅子《いす》が振り下ろされる。

不気味な音が響き渡ったが、ショウは倒れたりしない。京介はショウの顔面に犬の置物を投げた後、鳩尾《みぞおち》にきつい一発を決める。ショウが床に倒れ込む寸前、割れた窓から宇治が現れた。

「先生、ご無事ですかっ?」

「姐さん、お迎えに上がりましたっ」

信司《しんじ》や吾郎《ごろう》、卓《すぐる》といった清和の舎弟たちも次々に入ってくる。誰がショウを倒したのか、清和の舎弟たちはわかっていた。

「京介、どういうことだっ」

顔を醜く歪めた宇治が詰め寄ったが、京介はなんなく躱《かわ》す。宇治の鳩尾に右ストレートを決めると、信司に向かって放り投げた。

「うわーっ」

信司は宇治を受け止めることができずにその場に崩れ落ちた。

「京介、お前、寝返ったのか?」

吾郎と卓がいっせいに、京介に襲いかかった。

「寝返るって、俺は眞鍋の構成員じゃねぇぜ」

京介は優雅な微笑を浮かべながら、吾郎と卓を壁に打ちつけた。間髪《かんはつ》を容《い》れず、よろめいた吾郎と卓の後頭部も狙う。

割れた窓から清和の舎弟たちが次々に入ってくる。京介は一人ずつ、目にも留まらぬ速さで倒していった。

京介と清和の舎弟たちの大乱闘に、氷川も桐嶋も為す術がない。

「京ちゃんはマジにむっちゃ強いな……って、感心しとう場合やないんやな。姐さん、この隙《すき》に逃げよか」

「うん」

氷川は桐嶋とともにリビングルームを出て玄関口に向かった。すると、リキと祐《たすく》を従えた清和《せいわ》がいる。

「……清和くん」

何よりも愛《いと》しい男と会えたのに氷川の心は弾まない。

清和はまるで鉄の仮面を被っているようだし、何も言わないが、怒っていることだけは確かだ。おそらく、必死になって己を抑えている。氷川が自分の意思で桐嶋に随行していたことにも気づいているようだ。

誰も何も喋らない。

誰ひとりとして動こうともしない。

大乱闘が繰り広げられているリビングルームから、眞鍋組の構成員の低い呻き声が聞こえてくる。

氷川は清和と桐嶋の間に立つと、両手を大きく拡げて言った。

「無用な戦争はさせない。必ず、藤堂さんは引退させる。清和くん、お願いだから桐嶋さんと話し合って」

清和はこれ以上ないというくらい冷たい目で、桐嶋との話し合いを拒絶した。そのことは言葉で確かめなくても手に取るようにわかる。氷川は泣きたくなったが、泣いている場合ではない。

「清和くん、長江組がバックについた藤堂さんと争っちゃ駄目だ。そんなこと、わかっているだろう？　藤堂さんとは争わずに引退させよう」

「………………」

心なしか、清和の怒りのボルテージが上がったような気がした。今にも桐嶋に手をかけそうな雰囲気が漂っている。今の清和は非合法なことを禁じているインテリヤクザでもなければ可愛《かわい》い年下の亭主でもないので、話し合いで解決するのは諦めたほうがいいのかもしれない。

「京介、お前がそんな奴だと思わなかった……うわーっ」

京介には誰も敵わないらしく、リビングルームからは破壊音とともに構成員たちの断末魔の声が響いてくる。

氷川は桐嶋の腕を摑んで後退《あとじさ》りし、無敵の京介がいるリビングルームに戻った。

案の定、リビングルームには清和の舎弟たちがガラスの破片と一緒に無残にも転がっている。破壊されたテーブルのそばには、宇治と信司が倒れていた。失神しているショウには、大きなソファが載せられている。卓はルームライトを抱くような体勢で呻いていた。

京介は掠り傷一つ負っておらず、優美な仕草で前髪を掻き上げている。清和やリキの姿を見ると、慌てるどころか投げキッスを飛ばした。彼のいる場所だけまったく雰囲気が違う。

今回の軍師にあたる祐がほとほと感心した口調で言った。

「ゴジラを相手にしたようだな。そこに転がっているのは眞鍋組きっての精鋭なんだけどね」

「俺、今まで素手の勝負で負けたことがないんです」

華やかな美貌から想像できない過去を京介が語ると、祐は楽しそうに口笛を吹いた。

「それは素晴らしい。眞鍋が誇る虎《とら》と一度やりあってみるか?」

眞鍋組の虎とは清和の右腕ともいうべきリキのことだ。眞鍋組随一の頭脳というだけでなく、随一の腕っ節も誇っていて、今までリキを倒した者は誰もいない。祐は暗に京介を脅《おど》した。

「俺、リキさんに恥をかかせたくありません」

己の腕に自信があるのか、京介は挑むような目で応えた。

「ゴジラ、言ったな……」

京介の度胸に感心したのか、祐は楽しそうに声を立てて笑った。当の本人であるリキも表情は変わらないが、京介の反応にはしごく満足そうだ。

清和は無言で氷川を見つめている。

いつまでもこうしているわけにはいかない。氷川は左手で桐嶋を摑んだまま、右手で清和の腕を摑んだ。

「清和くん、組のことには関わるな、って今回ばかりは言わせないよ。桐嶋さんは清和くんが思っているような人じゃない。一度、ちゃんと話し合ってみよう」

氷川の懸命な説得も清和の固い意志を覆《くつがえ》すことはできなかった。清和の怒りは桐嶋に注がれたままだ。下手をすれば、この場で桐嶋は処分されかねない。

覚悟を決めているのか、桐嶋は涼やかな顔で佇《たたず》んでいる。

「清和くん、お願いだから丸く収めようよーっ」

氷川が真っ赤な顔で叫ぶと、祐が手を振りながら口を挟んだ。

「囚《とら》われの身となった姐さんが竿師に連れ回された、ものだと思っていたんですけどね。本来ならば『どうしてもっと早く助けに来てくれないの』と言って、組長に抱きついてほしいシーンです。竿師の命乞《いのちご》いなどもってのほか」

祐に言われたからというわけではないが、氷川は清和の背中に腕を回してぎゅっと抱き締めた。

「心配かけてごめんなさい」

氷川が心の底から詫びると、清和から獣じみた狂気は消え失せた。それでも、尋常ならざる迫力は漂っている。

「姐さん、組長が早死にしたら姐さんが原因だと思ってください。付け加えるならば、俺たちの寿命も確実に五十年は縮まりました。戦争反対の姐さんが俺たちを殺す気ですか？」

いつもと同じような柔らかい雰囲気だけに、祐の言葉はやたらと重かった。二代目姐をさらわれた苦悩は計り知れない。組の威信どころの話ではないのだ。

「僕は清和くんも君たちも危険な目に遭わせたくないんだ。これだけはわかってほしい。恐ろしい戦争はさせないよ」

氷川の気持ちはちゃんと祐にも通じている。だからこそ、隠し持っているサイレンサーを桐嶋に向けないのだ。この場所に京介がいる理由にも気づいていた。

「姐さんだけでなく京介も竿師の肩を持つようですね」

祐に話を振られて、京介は大きく頷いた。

「俺も戦争には反対です。先生の仰《おっしゃ》る通り、桐嶋さんと話し合ってみてください。眞鍋のためにもそれがいいかと思います」

京介の言葉を聞いて、祐は花が咲いたように微笑んだ。そして、桐嶋に視線を止めた。

「俺を覚えていますか？」

祐にとって桐嶋は屈辱を味わわされた憎き相手だが、そんな素振りはまったく見せなかった。まるで親しい間柄のような口ぶりだ。

桐嶋も旧友に接するような態度で答えた。

「……ジブン、スタンガンで襲ってきよったな？　ヤクザに見えへんけど、やっぱヤクザなんやな」

「はい、俺は眞鍋の男です」

「眞鍋にはええのが揃っとうけど、藤堂にはええのがひとりもおらへん。ひとりでええから藤堂のとこにいてくれたらなぁ」

桐嶋がしみじみとした様子で本音《ほんね》を漏らすと、祐は楽しそうに軽く笑った。

「姐さんと京介の顔に免じて、伝説の花桐の息子殿のお話をお聞きする。でも、おかしな真似をしたら容赦しない」

桐嶋に歩み寄る祐の度量の広さに氷川は目を瞠《みは》った。祐もまた、眞鍋のためにすべてをかける男だ。私怨《しえん》など持たない。

「わかっとうよ」

桐嶋は両手をあげて、ホールドアップの体勢を取った。

「まず、組長とショウから避難させよう」

氷川が張りついているせいか態度にこそ出てはいないが、桐嶋に対する清和の憎悪は物凄い。ショウが意識を取り戻せば、間違いなく桐嶋に刃を向ける。宇治や信司にしてもそうだ。いつ爆発するかわからない荒くれがいるところで、落ち着いた話ができるはずもない。

祐は場所を変えようとしたが、桐嶋は躊躇《ためら》いがちに答えた。

「おおきに……なんやけど、あんましゆっくりできへんのや。これから弓削と会《お》うて話をせなあかん」

藤堂を引退させるために、若頭の弓削は必要不可欠な駒《こま》である。そろそろ、京介の意を受けたセレナが動きだしているはずだ。

「弓削？　藤堂組の若頭の弓削ですね？　ならば、その話からお聞きする。姐さん、組長に抱きついていてください」

祐に言われるまでもなく、氷川は清和の逞しい身体に回した腕を離さない。万感の思いを込めて抱き締めた。

桐嶋がこれからの予定を手短に祐に告げる。京介も些《いささ》か足りない桐嶋の言葉に付け足した。

「そういうことか……」

祐は腕を組んだ姿勢で何やら考え込んでいる。おそらく、藤堂に対する戦略を練り直しているのだ。

思い当たることがあったのか、終始無言だったリキがなんの前触れもなく低い声で言った。

「……大原組長のために汚名を被《かぶ》ったのか」

隠し通したい真実をズバリと言い当てられて桐嶋は青褪《あおざ》めたが、肯定も否定もしなかった。

長江組の組長である大原の立場を考慮しているのか、リキはそれ以上は何も言わないし、伏し目がちの祐にしても同じ態度だ。

清和は少なからず驚いているようで、桐嶋を鋭い双眸《そうぼう》で凝視した。

「桐嶋さんは清和くんが思っているような人じゃない。そんな人だったら僕も京介くんも一緒にいないよ。桐嶋さん、どこかショウくんに似ている」

氷川は清和の胸に頬を擦《す》りよせて静かに囁《ささや》いた。ちゃんと清和の心に届いたらしく、少しだけ雰囲気が微かに和らぐ。

「…………」

「清和くんはこのままだと長江組と藤堂さんにやられてしまう。そんなこと、絶対にさせやしない」

長江組の脅威は氷川よりも清和のほうがよく知っている。祐もリキも長江組という巨大な組織に苦戦していることは明らかだ。おそらく、長江組を刺激しないように動くだけで必死だろう。

「…………」

「お願いだから、桐嶋さんを弓削さんと会わせてあげて」

桐嶋という男が藤堂に対する最初で最後の切り札であるような気がしてならない。氷川は必死だった。

「いいだろう」

桐嶋を信じたのか、氷川の懇願に負けたのか、それは定かではないが清和は頷いた。

「僕のお願いを聞いてくれてありがとう」

氷川は清和の唇の端に触れるだけの優しいキスを落とした。無意識のうちに唇が引き寄せられていたのだ。

その様子を見ていた桐嶋は羨ましそうにポツリと漏らした。

「眞鍋の組長はええな。そんな可愛い姐さんがいて」

「さんざん女を泣かせた竿師が何を言っているんだ」

もっともな祐の言葉に、桐嶋は頭を掻いている。

意識を取り戻したショウが大きなソファの下から這いでたので、京介が羽交《はが》い締《じ》めにし

た。

リキは切れ長の目を細めているだけだ。

氷川にしても清和に忠誠を誓う男たちが可愛い。

「清和くん、君を慕ってくれている方たちを危険な目に遭わせてはいけない」

氷川は潤んだ目で言うと、清和はいつもより若干《じゃっかん》低い声で答えた。

「わかっている」

「清和くんに引退してなんて言わないから、一日も早く戦争を終わらせて。新しい時代のインテリヤクザとして血を流さずに勝って」

ヤクザをやめさせたいが、引退できないのならば応援するしかない。氷川は橘高から頼まれたものの拒んでいた言葉を口にした。若さゆえに揺れていた清和の心が固まればそれでいい。

「ああ」

表情は取り立ててなんら変わらないが、清和が驚きつつも安心していることに氷川は気づいた。

「僕は君がいないと生きていけないんだから……君がいなくなるくらいなら僕は死んだほうがいい」

今までに何度も口にした張り裂けそうな気持ちを、氷川は改めて吐露した。愛しい男がいなければ息をすることすらできない。

「わかっている」

氷川が大粒の涙をポロリと零《こぼ》すと、清和は苦渋に満ちた表情を浮かべるが視線を逸らすことはなかった。

清和を見れば見るほど愛しさが募る。

氷川は何よりも愛しい男を力の限り抱き締めて、眞鍋組の勝利と平穏を祈った。

そう、眞鍋組の勝利も心の底から祈ったのだ。

眞鍋の昇り龍を愛した二代目姐として。

あとがき

講談社X文庫様では十二度目ざます。十二度目のご挨拶《あいさつ》ができて嬉《うれ》しい樹生《きふ》かなめざます。

西の港町から東の都のド田舎《いなか》に移住して、何年たったのでしょう。お借りしている部屋の更新手続きをすることになりました。更新手続きの書類になんやかんやと書き込んで印を押して、管理会社に送りました。

先日、管理会社より更新完了の書類が返送されてまいりました。すると、更新完了の手続きの書類とともに某スーパーマーケットのレシートが封筒から出てきたんです。ご丁寧にもレシートはクリップで留められていました。

どうしてこんなところからレシートが？

樹生かなめはレシートの内容をじっと見つめました。見覚えのあるスーパーのレシートざます。きっちりと身に覚えのあるものを購入しております。ええ、特売品のインスタントラーメンの味噌《みそ》・醤油《しょうゆ》・塩をしこたま買い込んでおります。もやしもたくさん買い込んでおります。

アタクシ、一応身体《からだ》のことを考えて、インスタントラーメンといってもノンフライにしております。ラーメン一杯につきもやしも一袋入れて食べております。

インスタントラーメンともやしのレシートの謎《なぞ》を解くために、シャーロック・ホームズ様におすがりする必要はございません。

このインスタントラーメンともやしのレシートは、樹生かなめが某月某日に某スーパーで買い物をした時のものでございます。もやしラーメンづくしの日々のことでございますのよ。

何がどうなってこのようなことになったのか、最大の要因は整理整頓とは無縁の部屋と樹生かなめのずぼらさでございます。

おそらくなんらかの拍子に、部屋の更新手続きの書類にインスタントラーメンともやしのレシートが紛《まぎ》れ込《こ》み、管理会社の担当者様のお手元に届いてしまったのでしょう。

管理会社の担当様はインスタントラーメンともやしのレシートを見てどのように思われたか、どのようなお気持ちでレシートを返送されたのか……想像するだけで顔から火が出ます。

それにしても、どうして、よりによって、インスタントラーメンともやし？　よりによって、という思いがぐるぐるしています。

ちなみに、東の都のチベットに移住してン年たちますが、未《いま》だに東の都のスポットならぬ名所に足を運んだことはありません。足腰が立つうちに訪れたいと思っているのですが……切実ざます。せめて、あの場所とあちらとあそこだけは足腰が無事なうちに行っておこうと思います。

そんな折、しみじみとしていた樹生かなめの目から鱗《うろこ》が落ちるお言葉を読者様からいただきました。前作の『龍《りゅう》の灼熱《しゃくねつ》、Dr.の情愛《じょうあい》』についてざます。

なんでも、女性向けファンタジー作品において、男の子の最も大切なところが一番大きいのは攻め子だと決まっているとか？　それなのに清和《せいわ》が一番じゃないとか？　清和が可哀相《かわいそう》だとか？

そ、そうなんざますか？

女性向けファンタジー作品にはそのようなルールがあったんざますか？

桐嶋《きりしま》はプロの竿師《さおし》ざますから、清和より大きくて当然だと思いますのよ？

清和、可哀相なんざますか？

思い返せば、清和は「可哀相」というお言葉を読者様からいただいた樹生かなめの初めての攻め子ざました。

清和には「可哀相」というワードがついているのかもしれません。

それにしても、男の子の最も大切なところにも女性向けファンタジーにはルールがあるのですか……と、思い切り唸《うな》ってしまいました。

龍&Ｄr.シリーズは樹生かなめの中では王道の女性向けファンタジーだと思っていたのですが違うのでしょうか？

ちゃ、ちゃうの？

樹生かなめ、女性向けファンタジーをはきちがえているのかもしれません。本当にしみじみと振り返ってしまいました。

それではでございます。

いつも素敵なイラストを描いてくださる奈良千春《ならちはる》様、ありがとうございました。心より感謝します。

担当様、ありがとうございました。心より感謝します。

何より、読んでくださった方、ありがとうございました。またお会いできますように。


インスタントラーメンともやしのレシートで整理整頓を誓った樹生かなめ

樹生かなめ先生の『龍の烈火、Dr.の憂愁』、いかがでしたか？
樹生かなめ先生、イラストの奈良千春先生への、みなさんのお便りをお待ちしております。
樹生かなめ先生へのファンレターのあて先
〒112-8001　東京都文京区音羽2-12-21　講談社　文芸X出版部「樹生かなめ先生」係
奈良千春先生へのファンレターのあて先
〒112-8001　東京都文京区音羽2-12-21　講談社　文芸X出版部「奈良千春先生」係

N.D.C.913　244p　15cm

樹生かなめ（きふ・かなめ）

講談社X文庫

血液型は菱型。星座はオリオン座。
自分でもどうしてこんなに迷うのかわからない、方向音痴ざます。自分でもどうしてこんなに壊すのかわからない、機械音痴ざます。自分でもどうしてこんなに音感がないのかわからない、音痴ざます。自慢にもなりませんが、ほかにもいろいろとございます。でも、しぶとく生きています。
樹生かなめオフィシャルサイト・ROSE13
http://homepage3.nifty.com/kaname_kifu/

white heart

龍《りゅう》の烈火《れっか》、Dr.《ドクター》の憂愁《ゆうしゅう》

樹生《きふ》かなめ

●

2008年２月５日　第１刷発行
2009年９月25日　第４刷発行
定価はカバーに表示してあります。

発行者――鈴木　哲
発行所――株式会社　講談社
東京都文京区音羽2-12-21 〒112-8001
電話 編集部 03-5395-3507
販売部 03-5395-5817
業務部 03-5395-3615
本文印刷－豊国印刷株式会社
製本―――株式会社千曲堂
カバー印刷－半七写真印刷工業株式会社
本文データ制作－講談社プリプレス管理部
デザイン－山口　馨

ISBN978-4-06-286512-8

講談社X文庫ホワイトハート・大好評発売中！

死にたがる男 姉崎探偵事務所 新田一実
割られた封印。次々と起こる猟奇殺人——!!（絵・笠井あゆみ）

影男 姉崎探偵事務所 新田一実
修一のドッペルゲンガー出現!? その正体は？（絵・笠井あゆみ）

闇を継ぐ子供 姉崎探偵事務所 新田一実
竜憲たちの住むマンションで幽霊騒動が!?（絵・笠井あゆみ）

美貌の記憶 姉崎探偵事務所 新田一実
竜憲の面影を残す人形を手に入れた修一は…。（絵・笠井あゆみ）

時の迷い子 姉崎探偵事務所 新田一実
鴻を匿う大輔と修一のもとに新たな依頼が!?（絵・笠井あゆみ）

罠 姉崎探偵事務所 新田一実
肉体と魂を喰われた者の行く末は……!?（絵・笠井あゆみ）

聖母 姉崎探偵事務所 新田一実
大道寺から真紀子を救う方法は!?（絵・笠井あゆみ）

覚醒 姉崎探偵事務所 新田一実
大樹を救いだせるのか!?（絵・笠井あゆみ）

封印 姉崎探偵事務所 新田一実
竜憲が姫神とともに帰ってきた!!（絵・笠井あゆみ）

いにしえの神 姉崎探偵事務所 新田一実
竜憲、大輔の運命は!? 衝撃のクライマックス！（絵・笠井あゆみ）

ナイトメア 恵《え》土《ど》和《わ》堂《どう》四《よ》方《も》山《やま》話《ばなし》 新田一実
古本屋のイケメン店主と青年の奇妙な同居！（絵・山村 路）

ロング・グッドバイ 恵《え》土《ど》和《わ》堂《どう》四《よ》方《も》山《やま》話《ばなし》2 新田一実
不眠症に悩む大海の夢に登場した女性は!?（絵・山村 路）

ミッシング 恵《え》土《ど》和《わ》堂《どう》四《よ》方《も》山《やま》話《ばなし》3 新田一実
色とりどりの夢の中で大海の身に危険が!?（絵・山村 路）

チェリー・ブロッサム—桜— 恵《え》土《ど》和《わ》堂《どう》四《よ》方《も》山《やま》話《ばなし》4 新田一実
持ち主に帰りたがっている本の秘密とは!?（絵・山村 路）

Dream on 恵《え》土《ど》和《わ》堂《どう》四《よ》方《も》山《やま》話《ばなし》5 新田一実
本がなくても眠れたのだが、その訳は!?（絵・山村 路）

帝都万華鏡 桜の頃を過ぎても 鳩かなこ
栗本薫氏推薦！ 異色のデビュー作。（絵・今 市子）

帝都万華鏡 梔子香る夜を束ねて 鳩かなこ
艶麗なるシリーズ第2弾！ 切ない恋の幕開け。（絵・今 市子）

帝都万華鏡 巡りくる夏の汀《みぎわ》に 鳩かなこ
切なさに心震わせて——注目の新人、待望の新作！（絵・今 市子）

帝都万華鏡 たゆたう光の涯《はて》に 鳩かなこ
もう、ずっと恋をしている——（絵・今 市子）

東《とう》景《けい》白《しら》波《なみ》夜《や》話《わ》 暁闇《ぎょうあん》に咲《わら》う 鳩かなこ
運命を変えたのは狐面の男だった——（絵・今 市子）